Christelle Angano

LES FLEURS DU LAC

Roman

© Rémanence, 2019

Collection Regards

Couverture et mise en pages : www.mapicha.fr

Sculpture et photo en couverture : « Patricia » © Philippe Morel

www.philippemorel.canalblog.fr

ISBN 979-10-93552-82-8

*Puisse ton action avoir un effet comparable
à celui de la graine d'un baobab.*
Tradition orale peule

*Revendique tes droits. Dis non quand
cela ne te convient pas.*
Ken Bugul (romancière sénégalaise)

À Giulia
À Géraldine
À toutes celles qui résistent

« *Quiconque excise une femme, quel que soit son âge, est puni d'une peine d'emprisonnement pour une durée minimale de trois mois ou d'une amende qui ne peut être inférieure à 500 Birr.* »

Code pénal éthiopien, article 565

« *Quiconque pratique l'infibulation génitale à une femme, est puni d'une peine d'emprisonnement associée à des travaux forcés allant de 3 à 5 ans.* »

« *Pour toute blessure causée au corps ou à la santé qui est le résultat de l'acte décrit à l'alinéa ci-dessus, sous réserve de provisions du Code pénal qui prévoirait des peines plus sévères, la peine applicable sera une peine d'emprisonnement de 5 à 10 ans.* »

Code pénal éthiopien, article 566

Dans le monde, une fillette est excisée
toutes les dix secondes.

Avant-propos

Cette histoire est ancrée en Éthiopie, mais elle aurait pu se dérouler ailleurs, les pays sont nombreux où l'on pratique encore l'excision.

Mebrat est une héroïne, une vraie. Elle est de celles qui savent dire non, qui savent se battre. Une femme courageuse et forte… comme savent l'être les femmes.

Mebrat ose. Comme Rosa Parks qui refusa de céder sa place, Malala déterminée à aller à l'école et qui faillit en mourir, Simone Veil qui défendit si bien les femmes, ou encore Meaza Ashenafi qui se bat encore et toujours pour la cause de ses compatriotes à Addis-Abeba, elle est une héroïne.

J'ai voulu un roman positif, qui laisse sa place à l'espoir, en hommage à toutes celles qui ont décidé d'agir. Un roman militant certes ; mais en avocate, jamais en procureure.

Pour finir, je voudrais citer mon amie Géraldine qui un jour m'a dit : «Je me mettrais à genoux pour que cesse l'excision des fillettes»…

Cet ouvrage sera ma contribution.

« Face à l'excision, il faut dire pas moi, pas mes sœurs, pas mes cousines. »

Aminata

Tout commence quelque part en Éthiopie,
dans les années 80...

La mère des yeux

Une aube bleutée se levait doucement sur le lac. Les étoiles amicales accompagnaient leur complice la lune dont le sourire jaune pâle se reflétait dans le grand miroir liquide. À cette heure, tout respirait le calme et la sérénité. Çà et là, de la fumée s'élevait des toits de chaume : bientôt il ferait jour.

La lune, protectrice, avait éclairé la case de la jeune Sennait, l'entourant de sa bienveillance et la nuit elle-même s'était faite cotonneuse comme pour mieux étouffer les gémissements douloureux de la jeune femme que cette naissance déchirait. Enfin, au petit matin, l'enfant avait vu le jour, remplissant le silence de ses cris vigoureux. Alors que la jeune mère exté-nuée se reposait sur sa couche, tentant de reprendre quelques forces, la petite affamée la tétait goulûment, ses grands yeux noirs ouverts à la vie. Sa mère quant à elle caressait sa petite tête déjà chevelue, dans un sourire las et même un peu triste.

Pendant ce temps, de l'autre côté du village, une femme s'affairait. C'était jour de marché et le chemin était long. Il n'y avait pas de temps à perdre : bientôt, il ferait chaud. Elle sortit dans l'aube naissante, accompagnée par le chant du coq et les aboiements des chiens. En chemin, elle ne prêta pas attention à la beauté du paysage qui s'éveillait devant elle, préférant se concentrer sur ses pas. Le sentier, escarpé, était dangereux, et les chutes fréquentes. À la voir ainsi, on eût cru une vieillarde tant sa démarche semblait hésitante. Ses pauvres baskets de toile, sans lacets, bien trop grandes à ses pieds, ne la protégeaient pas des pierres pointues ou roulantes. Enroulée dans un *shama*, elle progressait vaille que vaille, silhouette fantomatique dans la lumière du petit jour.

Arrivée au sommet de la côte, elle s'accorda une pause, le temps de reprendre son souffle. Une douleur à la poitrine la fit grimacer. De plus en plus fréquentes, celles-ci l'inquiétaient, et bien qu'elle fût jeune encore, l'Éthiopienne sentait qu'il était temps de «passer la main». D'ailleurs, les siennes commençaient à trembler. Oui, le moment était venu de parler à Mebrat, sa belle-fille. Elle s'offrit encore quelques instants de répit avant d'entamer la descente.

En contrebas s'étendait l'immense marché. Les yeux fermés, Tsehaye se laissa un instant porter par la rumeur qui montait jusqu'à elle. L'endroit était étourdissant de vie : on parlait fort, on s'interpellait. Ce marché était avant tout un lieu d'échanges, de rencontres et de retrouvailles. Aux marchandages des clients répondaient les protestations des vendeurs. Les rires des enfants qui se poursuivaient pieds nus dans la poussière, ivres de liberté, s'échappaient en grelots ; ceux perlés des femmes, heureuses de se retrouver et de bavarder à l'ombre des grands arbres, tressant l'osier, leur faisaient écho. Les tout-petits, pendus au sein de leur mère, dormaient, pleuraient parfois, incommodés par la chaleur, la poussière et les mouches.

Aux cris des hommes s'ajoutaient ceux des bêtes que l'on venait vendre ou acheter. Les blatèrements outragés des chameaux, le chevrotement plaintif des chèvres et de leurs petits ; les braiments des ânes, les meuglements lancinants et doux des zébus… Cette cacophonie assourdissante effarouchait les volailles qui gloussaient, affolées par toute cette agitation. Et pourtant, chacun ici avait sa place, une place bien définie. Rien n'était laissé au hasard : un capharnaüm certes, mais organisé.

Sur les rives du lac se trouvaient les quartiers des pêcheurs et des vendeurs de pirogues. Fabriquées en eucalyptus, les embarcations longues et légères s'entassaient à même le sol. On venait de loin pour se les procurer ; rapides, elles étaient parfaites pour glisser sur l'eau. C'était également là que l'on pouvait acheter le matériel de pêche ou faire réparer celui endommagé. Enfin, le marché des pêcheurs était le point de rendez-vous de gamins venus là pour proposer leur richesse, essentiellement composée de tilapias ou de barbus dont regorgeait le grand lac.

Un peu plus loin, les bouchers. Viande de zébu, de chèvre ou de mouton, les étals sanguinolents, déclinaisons de rouge et de rose tendre, excitaient les mouches et les chiens. Les poulets et les pintades déjà plumés attendaient là, offerts aux regards. Plus tard dans la soirée, on entendrait le ricanement des hyènes qui n'hésiteraient pas à chasser les vautours entreprenants pour se repaître des vestiges de cette longue journée.

À l'ombre des grands arbres, les femmes proposaient leurs produits. Véritable palette qu'un peintre distrait aurait oubliée là, cet espace semblait voué aux couleurs : le *berbéré* carmin, le *mitmita* aux reflets de soleil, accompagnaient le poivre et la cardamome, mais aussi les piments verts et rouges, la cannelle brune, le cumin noir, le girofle et le gingembre. Tout était là. Aux épices s'ajoutaient les grains rouges de café, les oignons odorants, les choux, l'ail frais, les échalotes, les lentilles vertes, blondes et brunes, les pois cassés, les bananes, et bien sûr le *teff* avec lequel on préparerait l'*injera*. C'est également ici que l'on s'approvisionnait en feuilles de *khat* que l'on mâcherait tout au long de la journée. Les parfums entêtants se mélangeaient aux odeurs de poisson et à celle, fade et écœurante, de la viande chauffée au soleil.

Plus loin encore, pêle-mêle, les paniers, en osier, en paille ou en cuir de zébu, les repose-tête sculptés dans le bois, les braseros pour griller le café, les plateaux de terre, les outres, les marmites, les bidons en plastique et autres jerricanes, véritables trésors si pratiques pour aller chercher l'eau. C'était aussi le paradis des coquettes venues dénicher la robe ou la tunique, le bijou ou le voile qui feraient d'elles les plus belles.

Son souffle enfin retrouvé, Tsehaye reprit son chemin. Elle avait rendez-vous avec un petit berger chargé d'aller ramasser les plantes qui lui serviraient bientôt. Auparavant, c'était elle qui s'en occupait. Ce n'était plus possible désormais. Elle en connaissait tous les secrets, savait comment faire baisser la fièvre, comment calmer les maux de ventre. Elle connaissait celles qui vermifugent, celles qui guérissent de la dysenterie, qui permettent de se débarrasser des poux, mais aussi de combattre certaines maladies. Parfois, rarement, on lui demandait conseil. Tsehaye était l'exciseuse du village.

Accroupie devant un petit brasero, la jeune Mebrat préparait le café. Ce matin-là, comme souvent, la jeune femme se sentait triste et désemparée. Cette nuit, une fois encore, elle n'avait pu répondre aux avances de Yared, son époux. Et comme à chaque fois, elle en mourait de chagrin et de ressentiment. Libre et passionnée, tout en elle respirait la sensualité : sa peau pain d'épice, ses hanches qu'elle aimait faire onduler, ses seins haut perchés bien qu'alourdis par cette nouvelle maternité. Sa bouche pleine était faite pour embrasser, ses mains pour la caresse, reçue ou donnée. Dans l'intimité de leur maison, elle aimait regarder son mari, son corps musclé, mince et pourtant solide, ses bras qui savaient l'enserrer. Elle aimait sa virilité et pourtant… Elle ne pouvait l'accueillir sans serrer les dents, sans avoir les larmes aux yeux. Elle en éprouvait une frustration intense. Mebrat devinait la félicité de l'abandon sans jamais l'atteindre. Oui, elle aurait aimé l'amour si des millénaires de tradition ne lui avaient pas interdit le plaisir.

Elle venait d'avoir sept ans. Ce matin-là, sa mère l'avait emmenée chez une femme du village. Elles étaient trois. Trois fillettes à qui on n'avait rien expliqué et qui avaient d'abord été très impressionnées, un peu flattées même, par la solennité et le cérémonial du moment. Il était temps pour elles de devenir des femmes, s'était-on contenté de leur dire et cela ressemblait un peu à une promesse. Pour ce faire, elles devaient passer « le rituel ». On les avait alors lavées, pour les « purifier », petites filles impures à cause de ce morceau d'elles-mêmes dont on les priverait bientôt. Puis elles avaient été installées sur une planche, rugueuse à leurs reins d'enfants. Mebrat se souvint de l'angoisse qu'elle ressentit alors et de sa mère qui la suppliait : « Ne pleure pas. Une femme ne doit pas pleurer. Sois digne de ta mère. » Alors, on lui avait bandé les yeux et attaché les mains. Elle avait juste eu le temps de voir une femme se pencher sur elle, une lame de rasoir à la main, avant que l'on n'appose le bandeau sur ses yeux. Ensuite… Elle se réveillait encore la nuit, le cœur au bord des lèvres. Ne pas pleurer… Ne pas hurler… Rester digne. Mériter la fierté de sa mère. Être une femme endurante et forte. Aujourd'hui encore, tant d'années plus tard, cette douleur l'habitait. Elle venait d'avoir sept ans et on venait la chercher…

Oppressée, Mebrat sortit sur le perron de sa case. Comme toujours, le spectacle du lac qui se réchauffait sous les premiers rayons du soleil réussit à l'apaiser.

C'était à lui qu'elle aimait confier ses joies et ses peines. Ses cauchemars aussi. Mebrat appréciait ce moment de la journée, une trêve dans cette nature sauvage et sans pitié. Comme souvent, la jeune coquette se perdit dans la contemplation du paysage. Le grand lac s'était maintenant paré des couleurs du soleil levant. Les îles, lascives, si proches et pourtant inaccessibles, semblaient s'abandonner à la caresse de l'eau. Certaines d'entre elles étaient interdites aux femmes et cela ne faisait que renforcer la fascination qu'elles exerçaient. Comme un jardin merveilleux mais inaccessible, interdit. La jeune femme se redressa, prit une grande inspiration. Elle respirait sa terre africaine. Elle en aurait reconnu le parfum n'importe où. C'était celui du vent et de la terre, de la vie et de la mort aussi. Mebrat aimait vivre là. La ville ne l'attirait pas, ne l'avait jamais attirée. Elle lui préférait sa jolie maison de torchis, son petit jardin dans lequel poussaient un bananier, quelques légumes et du *teff*.

Elle était heureuse d'avoir épousé Yared. C'était un bon mari, doux, respectueux et attentionné. En plus de l'eau qu'il allait puiser, certes à l'abri des regards – l'eau est une affaire de femmes –, il s'occupait également de porter le bois ou de faire le feu. Il ne se saoulait pas avec les autres hommes quand il partait vendre ses pirogues au marché, ni ne revenait les yeux rougis d'avoir trop mâché le *khat*. Avec Yared, la vie se passait sans encombre, entre la pêche, les pirogues et la cueillette du café. Le café… Aussi loin qu'elle s'en souvenait, la jeune femme avait cueilli le café. Avec sa mère d'abord, et maintenant avec sa petite Genet qui l'accompagnait, arrimée à son dos. «Le café, c'est le trésor de l'Éthiopie et c'est ce qui lie les hommes», aimait à lui répéter sa mère. Elle en était intimement convaincue. Un vol de flamants interrompit sa rêverie et en un instant la surface de l'eau rosit de plaisir.

Mebrat aperçut Yared qui revenait avec les bidons. Il allait bientôt partir à la pêche et resterait sur l'eau toute la matinée. Sa vie était intimement liée au grand Nil. On l'invoquait, on n'hésitait pas à lui faire des offrandes. Comme elle le disait souvent «que serait le café sans l'eau? Et que serait l'eau sans le café?». Mebrat ne put s'empêcher d'éprouver un pincement au cœur : elle n'aimait pas le savoir parti pêcher seul. En effet, le lac n'appartenait pas qu'aux poissons, aux oiseaux et aux pêcheurs, il était aussi le royaume des hippopotames et des crocodiles, autrement plus dangereux. Oui, l'eau donne la vie, mais elle peut aussi la reprendre. Secouant la tête, la jeune femme se releva doucement, en maintenant son ventre. «Je ressemble à un hippopotame qui se prélasse», soupira-t-elle.

Alors qu'elle cherchait Yared du regard, elle reconnut au loin sa belle-mère, la vieille Tsehaye, sur le chemin du marché. La jeune femme ne put s'empêcher de frissonner et pensa à son amie Sennait qui venait d'accoucher. Inconsciemment, elle posa sa main sur son ventre, déjà bien rond. Elle pensa à cet enfant à venir et serra les poings. Ce serait un petit homme, il fallait que ce soit un garçon. Il s'appellerait Alemayehu. C'était le prénom du père de Mebrat, un homme fort et juste, malheureusement disparu très jeune. Devant elle, la petite Genet, âgée de deux ans, jouait, assise par terre. Sa mère la regardait maintenant, pensive. Quelle serait sa vie ? Quelle femme deviendrait-elle ? La vie est parfois si rude pour les femmes, il fallait être solide. Cette dernière, se sentant observée, offrit à sa mère son plus beau sourire avant de partir courser une poule qui s'était approchée d'un peu trop près. Bientôt se mélangèrent les gloussements de l'enfant et ceux de la volaille. Mebrat profita de ce moment pour préparer son nécessaire à coiffure, le peigne et le beurre pour lustrer sa chevelure crépue. Le cérémonial allait pouvoir commencer. C'était un bien joli tableau que cette jeune femme assise sur son perron, le ventre arrondi, la tête penchée en avant. Avant d'enduire ses cheveux de beurre afin de leur donner toute leur brillance, elle les démêla dans de grands gestes amples. Ensuite elle confectionna deux nattes qu'elle tressa en bandeaux. Elle le savait, ils mettraient en valeur l'ovale de son visage. Quand Yared serait parti sur le lac, elle irait rendre visite à Sennait et lui apporterait de l'encens et du café.

« Sennait ? C'est moi, Mebrat… »

Elle poussa délicatement la porte et dut attendre que ses yeux s'habituent à la pénombre avant de distinguer la silhouette allongée sur sa couche. Son amie la reçut dans un sourire. On pouvait y lire la fierté de la jeune mère, mais aussi la fatigue des heures passées. L'accouchement avait été difficile.

« Elle s'appelle Moulou… »

La voix était un peu triste et désabusée.

« Sennait, elle est adorable ! s'exclama Mebrat en prenant l'enfant dans ses bras. C'est une bien belle petite fille, tu peux être fière de toi. Mais tu es épuisée ! Attends, je vais prendre soin de toi. Veux-tu que je te fasse un café ? J'en boirais bien un, moi. Après, je t'aiderai à faire ta toilette. Ma pauvre Sennait, tu as l'air si affaiblie. Je vais m'occuper de toi. Ne bouge pas. Ta petite Moulou est vraiment très belle, tu sais. »

Mebrat avait besoin de s'occuper et de parler. Elle craignait de laisser le silence s'installer, comme si, inconsciemment, elle avait su ce que son amie s'apprêtait à lui demander. Elle alluma donc le petit brasero, jeta un peu d'encens sur les braises, avant de s'occuper du café. Bientôt, une douce odeur se répandit dans la pièce, mélange d'encens et de café grillé. La jeune femme redressa son amie sur sa couche. Cette dernière ne put réprimer une grimace.

«Attends, je vais t'aider.»

Elle alla chercher de l'eau fraîche et de quoi lui éponger le front. Mebrat éprouvait de la tristesse face à ce jeune corps que l'enfantement avait déchiré. Elle repensa à la vieille Tsehaye.

«S'il te plaît… Je voudrais que ce soit toi.»

Mebrat se raidit.

«Je dois préparer la cérémonie…

— Tais-toi!

— S'il te plaît. La vieille Tsehaye passera sans doute dans la journée et je dois lui donner un nom. Je ne connais que toi ici. Tu es mon amie. Comme tu l'as dit toi-même, nous sommes presque sœurs. Tu ne peux pas me refuser cela… S'il te plaît Mebrat. La jeune mère lui tendit sa fille. Je veux que ce soit toi. Je veux que tu sois sa "mère des yeux".

Mebrat frémit. Encore une petite fille que l'on allait mutiler, qui allait souffrir, tellement souffrir. Et pourquoi? Au nom de quoi? Jamais, non jamais, elle ne s'habituerait à cette coutume tellement cruelle.

Tout son corps, tout son cœur de femme, mais aussi de mère, se révoltait contre cette tradition d'un autre temps.

« Sennait, tu sais ce que je pense de cette coutume…

— Oui, je le sais. Mais qu'y pouvons-nous ? Rien. Nous n'avons pas le choix. Nous ne pouvons rien contre la tradition.

— Bien sûr que nous avons le choix ! Tu n'as qu'à dire non !

— Je ne peux pas. Que penserait-on de moi ? Et que dirait-on d'elle, plus tard ? Non, tu le sais Mebrat, je ne peux pas refuser. Et encore, elle a de la chance… Ce ne sera pas comme nous… C'est un bébé ; nous, nous avions sept ans…

— De la chance ? Les yeux de Mebrat lançaient maintenant des éclairs. Mais comment peux-tu dire cela ? Nous sommes coupées, mutilées… De la chance ? Je ne peux pas uriner sans serrer les dents ! De la chance ? Tu ne souffres pas toi quand tu es seule avec ton mari ? Non Sennait, nous n'avons pas de chance ! Et tu penses que ce sera moins douloureux pour ta fille parce que c'est un bébé ?

— Mais, tu l'as fait pour Genet… »

La voix de Mebrat n'était plus qu'un souffle.

« Oui, je l'ai fait. Et j'en suis malade ! Et j'ai honte de moi, tous les jours, quand je fais sa toilette et que je l'entends geindre ou pleurer. Oui, je l'ai fait… et je me le reproche tous les jours. Ses sanglots sont autant de coups de poignard dans mon cœur de mère. Tu vois Sennait, je prie tous les jours pour que cette tradition cesse enfin.

— Mais si l'enfant que tu portes est une fille…

— Je prie aussi pour que ce soit un garçon, murmura-t-elle pour elle-même, la main sur le ventre.

— Mais si c'est une fille, reprit Sennait imperturbable, tu feras comme moi. Parce que nous ne pouvons pas faire autrement. C'est notre rôle de mère. C'est notre rôle de femme.

— Quand la tradition est mauvaise, alors il faut changer la tradition ! criait maintenant Mebrat, révoltée par tant de soumission.

— Chut… Je t'en supplie, ne crie pas ainsi. On va t'entendre.

— C'est bien de cela que je te parle : il faut nous faire entendre ! »

Et pourtant, malgré tout, devant les supplications de son amie et aussi de guerre lasse, Mebrat finit par accepter. Que pouvait-elle, seule, contre un village entier, contre des siècles de tradition ? Rien. Malheureusement, elle ne pouvait rien faire et il y aurait bientôt une nouvelle victime de l'excision.

Elle resta donc près de son amie une partie de la matinée, l'aida à faire sa toilette, fit un peu de ménage, assistée par la petite Genet. Enfin, elle prépara le repas et se proposa pour aller chercher de l'eau. Les amies ne se parlaient guère. Le silence était pesant, le malaise perceptible. Seuls les rires de la petite fille, partie jouer dans la cour, apportaient un peu de légèreté à la situation. Moulou s'était réveillée et Genet, curieuse, était rentrée dans la pièce. Comme toutes les fillettes, elle demanda à la prendre dans ses bras, mais Mebrat refusa. Moulou était trop petite, plus tard... «Mais je suis grande maintenant», protestait l'enfant. Sennait trouva la force de sourire. Elle se sentait mieux et était rassurée. Tout irait bien maintenant, elle en était sûre. Une fois encore, elle remercia son amie.

La cérémonie eut lieu cinq jours plus tard. Mebrat n'en avait pas dormi de la nuit et mille fois elle avait été tentée de changer d'avis. Pourtant, et comme le voulait la tradition, elle avait confectionné le *genfo* et le *tella*, victuailles que l'on partagerait pour célébrer le rituel. Quelques voisines avaient été invitées. Les hommes, quant à eux, attendaient dans la cour.

Quand l'exciseuse franchit le seuil de la case, le silence se fit pesant, le malaise de Mebrat s'intensifia. La petite Moulou, jusque-là si calme, se mit à pleurer. Sennait la berçait maintenant nerveusement, la tête baissée, n'osant regarder son amie. Son cœur de mère se brisait et pourtant elle n'osait pas s'opposer à cet acte qu'elle considérait comme monstrueux. Tsehaye, solennellement, déroula un bout de tissu et en sortit une lame de rasoir. Mebrat se fit la remarque qu'elle avait déjà dû servir. Une douleur la poignarda dans le bas du ventre, comme une réminiscence. *Que fais-tu Mebrat ? Vas-tu accepter de participer à cela ?*

Tsehaye préparait l'onguent destiné à être appliqué sur la plaie. Censé soulager la douleur, il devait également empêcher une hémorragie ou parer à d'autres éventuelles complications. Quand tout fut prêt, elle fit signe à Mebrat de s'approcher. En tant que « mère des yeux », elle avait pour mission de cacher ceux de la petite fille pendant la cérémonie. Une autre femme lui tiendrait les jambes. Un instant, elle crut défaillir. Nauséeuse, son ventre la faisant souffrir, elle chancela au moment de se lever et dut se retenir au chambranle de la porte pour contenir le tremblement qui s'était emparé d'elle. Elle exécrait cet instant, se maudissait d'y participer.

« Mebrat… tu m'as promis… »

Oui, elle avait promis. Alors elle respira profondément, prit la petite Moulou dans ses bras et s'approcha de l'endroit que lui désignait Tsehaye. L'enfant s'était arrêtée de pleurer et regardait Mebrat. Son regard intense semblait la questionner. *Qu'allez-vous me faire ?* Il disait aussi à Mebrat : *j'ai confiance en toi, regarde, je ne pleure plus.* Elle était si jeune, si jolie, si fragile ; si innocente aussi. À nouveau, Mebrat pensa s'évanouir. Elle se sentait coupable, aussi coupable que si c'était sa propre main qui infligerait cette souffrance à l'innocente fillette. Elle jeta un regard désespéré à Sennait. Elle seule avait le pouvoir de tout arrêter pendant qu'il en était encore temps.

« S'il te plaît Mebrat… »

Faisant fi de sa répulsion, sans réfléchir davantage, la « mère des yeux » s'approcha de Tsehaye telle une automate, déposa la petite sur une table. Comme le lui indiqua l'exciseuse, elle se posta à la tête de l'enfant et se pencha vers elle. Elle ne pouvait supporter de regarder Tsehaye. Pendant que cette dernière se préparait, Mebrat chuchota à l'oreille de la petite Moulou. Elle lui demanda pardon. Pardon de ne pas avoir su convaincre sa mère. Pardon au nom de toutes les mères. Elle demanda pardon pour sa petite Genet. Enfin, elle demanda pardon pour elle-même, qui n'avait pas su refuser.

Le cri fut déchirant. Il se propagea comme une onde de douleur jusqu'à Mebrat qui caressait frénétiquement le visage de la petite, ses propres larmes se mélangeant à celles de l'enfant. «*Mihirati, mihirati*[1]», ne cessait-elle de répéter…

«Que se passe-t-il ?»

Sennait avait crié. Avant tout le monde, son instinct lui avait soufflé que tout ne se déroulait pas comme prévu. Sa fille geignait maintenant. On eut dit un agneau qui cherchait sa mère ; agneau sacrifié sur l'autel de la tradition. Ses cris, perçants au début, se faisaient maintenant de plus en plus faibles.

«Que se passe-t-il ?», répéta sa mère.

De là où elle était, Mebrat contemplait la scène, pétrifiée devant le sang qui s'écoulait de la blessure. C'était la vie qui s'échappait, inexorablement, de la petite victime ; et cela, malgré les onguents de Tsehaye.

«Elle saigne trop, murmura enfin l'exciseuse. Ce n'est pas normal.»

Sennait, maintenant paniquée, criait et suppliait la vieille Tsehaye.

«Pourquoi ta pommade ne la soulage-t-elle pas ? Pourquoi saigne-t-elle encore ? Qu'as-tu fait Tsehaye ?»

---

1. Pardon, pardon.

La petite Moulou mourut dans la nuit. Les femmes du village entourèrent la jeune mère inconsolable. Mebrat resta cloîtrée chez elle, ne pouvant affronter le regard de son amie, ne pouvant s'empêcher de se sentir coupable.

*

Les semaines passèrent, journées de solitude s'enchaînant aux nuits blanches. Mebrat restait obsédée par le cri de la petite Moulou, par celui de Sennait. Elle en perdait le sommeil et l'appétit. Le regard de Moulou, si intense et si noir, la poursuivait, la hantait. Il l'interrogeait nuit et jour. *Qu'as-tu fait Mebrat? Pourquoi l'as-tu laissé faire?* Si elle n'avait pas accepté d'être la mère des yeux… peut-être Sennait aurait-elle refusé la cérémonie?

Yared finit par s'inquiéter pour son épouse et en parla à sa mère qui lui promit de venir s'entretenir avec elle. Elle ne pouvait certes pas rester ainsi à pleurer, enfermée, sans voir personne, emmurée dans le silence. Elle négligeait même leur petite Genet qui pourtant faisait tout pour que l'on s'intéressât à elle.

*

« Nous devons parler, Mebrat. »

Occupée à piler le *teff*, la jeune femme n'avait pas entendu approcher sa belle-mère.

« Tu as grossi. Elle va naître bientôt maintenant.

— Elle ?

— Tu portes ton enfant sur les hanches, ce sera une fille. »

Tsehaye approcha sa main du ventre de sa belle-fille qui fit un brusque mouvement de recul. La prédiction la fit frissonner. Elle continua cependant de piler le grain, en évitant de regarder l'exciseuse, refusant de voir ses mains. Tsehaye s'assit près d'elle. C'était la première fois qu'elles se revoyaient depuis la mort de Moulou.

« La petite de ton amie…

— Elle s'appelait Moulou…

— Elle n'aurait pas dû mourir. Tu vois, je ne suis pas si vieille, pourtant ma main commence à trembler. Et je vois moins bien depuis quelque temps. Je devrai donc bientôt arrêter. Le village va avoir besoin de quelqu'un pour me succéder et j'ai pensé à toi. Tu es la femme de mon dernier fils et je n'ai pas eu de fille. Tu dois me remplacer. C'est ton rôle, c'est la tradition. »

Mebrat, surprise, tressaillit. Le cœur au bord des lèvres, elle se redressa alors et planta fièrement son regard dans celui de sa belle-mère.

« Jamais Tsehaye. Vous m'entendez ? Jamais. Ne comptez pas sur moi. Il vous faudra chercher ailleurs. Je refuse de tuer des petites filles. »

Le ton était calme, net, sans appel. Soutenant son ventre, elle se releva et entra dans sa case. Elle n'aurait pas supporté que la vieille la vît trembler. Celle-ci continuait de parler, arguant qu'elle-même n'avait pas choisi cette responsabilité. Sa propre mère l'avait initiée. Cela ne se refusait pas. C'était ainsi, on l'était de génération en génération. Et quand il n'y avait pas de fille pour prendre la relève, c'était à la bru que revenait la mission. Il n'y avait donc pas à être pour ou contre, on n'avait pas le choix. Voilà tout.

Mais Mebrat décida, elle, de choisir. De ne pas céder aux craintes, à la peur. Elle serait la première femme à s'opposer à la coutume.

Dès lors, la relation entre les deux femmes s'envenima. Tsehaye était vexée du refus de sa bru, Mebrat fuyait sa belle-mère. Après la mort de la petite fille, elle s'était souvenue d'une anecdote que son père lui avait racontée. Alors qu'il était enfant, il avait vu une troupe d'hyènes encercler une girafe qui mettait bas. La pauvre bête tentait désespérément de faire reculer les charognards en même temps qu'elle s'appliquait à donner la vie. Mais l'odeur du sang avait excité les bêtes. Le girafon n'avait aucune chance. Ainsi, il n'était pas encore né qu'il était déjà la victime des hyènes affamées. Telle était la savane, dure et sans merci, avait conclu son père en se levant. Au fond d'elle-même, Mebrat n'appelait plus sa belle-mère que «la hyène». Sa façon de tourner autour des femmes enceintes, d'attendre et de surveiller l'arrivée des bébés, de «traquer» les petites filles, lui faisait horreur.

«Tu n'y es pour rien…

— Bien sûr que si, j'aurais dû te convaincre. J'aurais dû refuser… Je te demande pardon.»

Mebrat ne pouvait soutenir le regard de son amie. Elle scrutait obstinément le lointain, par-delà les îles. C'est Sennait qui avait fait le chemin pour venir. Yared, en grand secret, était venu la trouver et lui avait fait part de ses inquiétudes. Il ne reconnaissait plus sa femme et se faisait du souci. Ce matin-là, Sennait s'était décidée à prendre les devants. Elle savait ce qui rongeait son amie. Et qu'elle seule pourrait la libérer, la soulager.

«C'était à moi de refuser. C'était ma fille, pas la tienne. J'ai fait ce choix. Elle est morte. C'est comme ça, on n'y peut rien. C'était écrit. On ne pouvait pas l'empêcher. »

Cette fois, Mebrat dévisagea Sennait. Un regard douloureux dans lequel se mêlaient chagrin et colère. Sennait remarqua surtout les cernes de la future mère et ses joues qui s'étaient creusées.

« Je vais te coiffer, cela va te détendre et… tu en as besoin. Qu'en dis-tu ? »

Mebrat semblait ailleurs…

« Tu crois vraiment que les choses sont écrites et qu'elles sont immuables ?

— Bien sûr que je le crois. Moulou devait mourir, certainement. Et personne n'y peut rien. »

Sennait prit Mebrat dans ses bras pour la consoler.

« Tu n'as pas à nous demander pardon, Mebrat. Tu n'y es pour rien et Tsehaye non plus. Ce n'est pas de sa faute. Elle n'a pas voulu la mort de ma fille. »

Mebrat frémit. Les deux amies se serrèrent fort et Sennait, d'un ton un peu trop enjoué peut-être, lui demanda de lui servir un café avant de l'aider à se faire belle.

Le septième jour

«Félicitations, Mebrat, c'est une jolie petite fille. Comment vas-tu l'appeler?»

Mebrat étouffa un sanglot. Quand elle reprit ses esprits, la petite avait été abouchée à son sein. De ses petits yeux graves, elle semblait lui demander : *je suis ta fille. Quelle mère seras-tu?*

Les deux jours suivants, elle refusa les visites de ses voisines. Quarante-huit heures à regarder la petite, à la caresser ; à pleurer aussi.

C'est le troisième jour, alors qu'elle faisait la toilette du bébé, que Mebrat prit sa décision. C'était devenu une évidence. Elle sourit devant le petit corps nu, si parfait.

«Personne ne te touchera, ma jolie princesse, ma fleur. Je te le promets. Même si je dois fuir avec toi, même si nous devons tout quitter. Personne ne te fera de mal. La lame de Tsehaye ne te blessera pas. Tu seras une femme fière et entière. Non, on ne te coupera pas.

Je n'ai pas eu ce courage pour ta sœur, je l'aurai pour toi. Je n'ai plus peur. »

Tsehaye franchit le lendemain le seuil de la case pour préparer la cérémonie. Mebrat paraissait étrangement calme en l'accueillant, même si, au tréfonds d'elle-même, son cœur battait la chamade. Non, la petite Shoayé ne serait pas excisée. Il n'était pas question qu'on la mutilât. Elle avait pris sa décision. Ni Tsehaye, ni Yared, ni personne ne la ferait changer d'avis. L'exciseuse la regardait fixement. La tradition restait la tradition. Que deviendrait la coutume si les mères refusaient de s'y plier ? Et que deviendrait-elle, elle, Tsehaye, si la coutume n'était plus respectée ? Que deviendrait-elle si sa propre belle-fille la refusait pour son enfant ? Et puis, que dirait-on de la petite ? On la pointerait du doigt, on la repousserait. Elle serait la honte du village et ne trouverait certainement pas de mari… Tout le monde savait que l'acte renforçait la timidité des femmes, leur permettait de rester fidèles. Une prostituée. Voilà comment on la traiterait. Et voilà ce qu'elle deviendrait, probablement. Aucun homme n'accepterait de la prendre. Mebrat ne pouvait pas nier cela. Quelle mère digne de ce nom choisirait un tel avenir pour sa fille ? Mais Mebrat restait de marbre. Quelle mère serait-elle si elle acceptait de livrer sa petite à la lame de rasoir ? La mort de la pauvre Moulou n'avait-elle pas suffi ? Combien de filles faudrait-il encore sacrifier avant que l'on comprît que cette tradition était dangereuse et barbare ? Elle était déterminée, prête à tenir tête au village entier. S'il fallait fuir, elle fuirait. Elle prendrait une pirogue et se réfugierait sur une île avec la petite, s'y cacherait. Elle s'enfuirait à Addis-Abeba, chez son frère. Non, il n'était pas nécessaire que Tsehaye apportât son matériel, Shoayé ne serait pas coupée.

Quand elle comprit la détermination de Mebrat à s'opposer à elle, la vieille femme se redressa, jeta son *shama* sur ses épaules et sortit le menton haut, furieuse. Elle se rendit sur-le-champ sur les rives du lac où son fils Yared réparait sa pirogue.

« Mon fils, je reviens de chez toi. Tu dois parler à ta femme. »

Yared arrêta son ouvrage. Il savait que ce jour viendrait.

« Yared, tu dois la raisonner. Elle refuse que j'opère la petite. Il faut que tu lui parles. Tu es l'homme. Tu dois décider puisque ta femme n'en est pas capable. »

Benjamin d'une fratrie de cinq garçons, Yared s'était toujours distingué. Plus libre, plus moderne aussi, il ne ressemblait pas à ses frères. Sa mère avait compris cela très vite. Désespérément, elle avait tenté de canaliser cette énergie, mais peut-on vraiment détourner le cours d'une rivière, disait-elle quand elle parlait de lui. Yared était devenu un jeune homme volontaire et ambitieux. Il avait refusé de rejoindre ses frères qui avaient repris le troupeau de zébus, succédant à leur père. Aux meuglements, il préférait le chant du lac ; aux mouvements du troupeau, le ballet des flamants roses.

Le matin, dès l'aube, il se consacrait à la pêche. Il aimait sortir quand le village dormait encore. L'après-midi, quand il faisait trop chaud pour naviguer, il confectionnait des pirogues à l'ombre des grands arbres. Yared était un artisan talentueux. Ses embarcations fines et légères furent vite réputées dans la région et on venait de loin pour se les procurer. Quand son père mourut, tandis que ses quatre frères se partageaient le troupeau paternel, il était déjà, à un peu de plus de vingt ans, à la tête d'une entreprise florissante. Beau parti, il fut très convoité.

C'est Tsehaye qui choisit la jeune Mebrat pour son fils. Elle venait de loin, une centaine de kilomètres au nord. Seule héritière de la famille, orpheline de père, la jeune fille était nantie d'une jolie dot : une demi-douzaine de têtes de bétail, des bijoux et un peu de terre, quelques arpents de caféiers. Les frères de Mebrat étaient morts tous les deux, il n'y avait plus qu'elle.

L'arrivée de la jeune épouse dans le village fut très remarquée et commentée. Le nouveau couple se distinguait par sa modernité. Si Yared et Mebrat ne s'étaient certes pas choisis, ils s'étaient du moins «rencontrés». Tsehaye avait vu cela d'un mauvais œil. Mebrat prenait trop de place, et certainement pas celle qu'elle lui avait réservée. Elle n'était pas exactement une femme soumise, n'hésitait pas à donner son avis et avait tout de suite pris ses marques dans sa nouvelle maison. Quand elle ramassait le café, elle riait fort avec son amie Sennait, aimait chanter les chansons de leur enfance. Quand la petite Genet eut atteint sa deuxième année, Mebrat annonça à son mari son désir de l'envoyer à l'école. Elle n'aurait pas besoin d'elle pour cueillir le café et préférait que sa fille apprenne à lire et à écrire. Tsehaye s'était insurgée contre cette nouvelle lubie. Les filles n'avaient pas besoin d'aller à l'école. Apprendre à lire… Genet aurait-elle besoin de savoir lire pour ramasser le café, aider sa mère aux travaux ménagers et enfin devenir une épouse puis une mère? Certainement pas. Tsehaye voyait dans l'école, et dans l'instruction des filles en général, un vrai danger. Les femmes n'avaient pas à réfléchir, les hommes étaient là pour prendre les décisions; instruire les petites filles, c'était donner du pouvoir aux femmes qu'elles deviendraient. Celui peut-être de dire non. Comme toujours dans ces cas-là, Yared avait fini par temporiser, Genet était encore jeune, on verrait le moment venu.

Le soir de son altercation avec sa belle-mère, Mebrat s'était entretenue avec son époux. Elle lui avait dit son refus de faire mutiler leur petite Shoayé. Elle en appela à son bon sens, au père qu'il était, et enfin à l'amant. N'aurait-il pas préféré avoir près de lui, dans sa couche, une femme qui ne souffrît pas lors de leurs étreintes, qui eût pu répondre à ses avances, à ses désirs ? Bien sûr elle pouvait comprendre les réticences de son mari, la crainte et le poids du regard du village, celui de Tsehaye. Oh, elle n'était pas dupe, elle savait ce que l'on pensait d'elle. Mebrat, l'insoumise… Oui, peut-être avait-on raison, après tout. Pour autant, rien ne la ferait changer d'avis. La petite Shoayé ne serait pas excisée, Mebrat dût-elle quitter le village pour cela. Mais Yared l'avait rassurée. Il la soutiendrait. D'ailleurs, lui-même n'avait jamais bien compris l'intérêt de cette tradition. Beaucoup d'hommes de sa génération pensaient comme lui. Les mentalités commençaient à changer. Il suffisait de réaliser que l'on pouvait prendre son destin en main en refusant ce qui semblait être une fatalité. Que Mebrat se rassurât, il serait là, à ses côtés, pour affronter le reste du village, et surtout, Tsehaye, sa propre mère ! Et qui sait, peut-être serait-ce le début d'un grand changement ?

Le septième jour, Tsehaye se présenta à nouveau chez son fils. Mebrat s'interposa, interdisant l'entrée de la maison à sa belle-mère.

N'avait-elle rien compris ? Personne ne toucherait à leur fille. Quelques voisines s'étaient réunies, curieuses, excitées par l'esclandre qui semblait inévitable. Cela ne fit pas reculer la jeune mère qui prit bientôt la foule à témoin. Oui ! Tout le monde était concerné !

« La mort de la petite Moulou ne vous a pas suffi ? Il est plus que temps de renoncer à cette tradition qui tue nos filles !

— Quand une tradition existe, c'est qu'elle a du bon ! rétorqua une vieille, le doigt pointé vers elle.

— On n'aurait pas fait souffrir nos filles pour rien, renchérit une autre. C'est le prix à payer pour devenir une bonne épouse, droite et fidèle, une femme respectée. »

Le ton monta. Qui était-elle pour remettre cela en cause ? D'ailleurs, elle n'était même pas du village. Tsehaye appuyait le discours des vieilles en hochant la tête… Oui, qui était-elle, celle qui refusait de respecter la coutume et pour qui se prenait-elle ? Avait-elle le droit d'interdire à sa fille de faire partie du clan, de la famille des femmes passées par le rituel ? Shoayé ne lui en voudrait-elle pas, un jour ? Mais Mebrat ne céda pas et l'exciseuse, furieuse, dut rebrousser chemin.

Les premiers temps, toute la famille fut mise à l'écart. On ne comprenait pas l'entêtement de Mebrat ni l'attitude de Yared qui n'avait rien empêché. On ne parlait que de cela, de la petite non excisée. On se retournait sur Mebrat quand elle allait au marché, sa petite endormie dans le dos. On chuchotait, mi-désapprobateur mi admiratif cependant : il fallait avouer qu'elle avait eu du courage. On se riait de Yared, n'hésitait pas à remettre en cause sa virilité, lui qui laissait sa femme faire la loi. Les femmes surtout parlaient. Bientôt, le village se scinda en deux clans, celles qui réprouvaient, et les autres, certes moins nombreuses, qui soutenaient la jeune femme. Mebrat, quant à elle, ne désarmait pas. Elle n'avait de cesse d'expliquer, d'argumenter. Il fallait l'entendre, passionnée, lorsque les femmes se retrouvaient avec leur linge sur les rives du lac. Sa rage la rendait encore plus belle et c'est fièrement qu'elle exposait la petite Shoayé au regard de tous. Fidèle à sa promesse, Yared l'accompagnait dans ce qui devenait maintenant un véritable combat. Il n'hésitait pas à en parler avec les autres hommes du village, notamment les plus jeunes, s'opposant à eux quand il le fallait. Quand, quelque temps plus tard, on fit de nouveau appel à la lame de Tsehaye, Mebrat tenta jusqu'au dernier moment de convaincre la mère. Mais ce fut peine perdue. On fit même savoir à Yared qu'il était temps qu'il conseille à sa femme de ne plus se mêler des affaires des autres. Ainsi, d'autres filles naquirent, et le rituel du septième jour perdura, même si le village changea d'exciseuse, la main de Tsehaye tremblant de plus en plus.

Dis non
quand cela ne te convient pas

Un jour qu'il était en train de travailler à ses pirogues, Yared fut rejoint par Wendante, un tout jeune homme qu'il considérait un peu comme son petit frère. Un petit frère un peu perdu, qu'il fallait guider, protéger aussi. Un peu simple d'esprit, il était souvent la cible des moqueries d'hommes plus aguerris. Quelques mois plus tôt, Yared lui avait proposé de l'initier à son métier. Le garçon s'était empressé d'accepter. C'était un jeune un peu isolé. Très timide, il recherchait souvent la compagnie de Yared dont il admirait la liberté, l'engagement, et surtout le courage. Ce jour-là, Wendante semblait perturbé. Il n'arrivait pas à se concentrer, était incapable d'entrelacer les tiges de papyrus qui formeraient un *tankwas,* une pirogue.

«Je t'ai déjà dit… tu poses les tiges de papyrus à plat le long de la tige de bois centrale… S'il n'y a pas de tuteur, comment veux-tu guider ta construction! Réfléchis…»

Mais il n'y avait rien à faire… les mains malhabiles tremblaient. Le jeune homme semblait sur le point de pleurer.

«Que t'arrive-t-il? Je vois bien que cela ne va pas. Tu as des problèmes? Les jeunes du village? Je vais aller les voir si tu veux. Ne te laisse pas faire. Crois en ton prénom "l'Homme fort"… Tu dois croire en toi Wendante.

— Non ce n'est pas ça. C'est ma femme…»

Cette dernière était enceinte et le terme approchait. Cela le plongeait dans un abîme d'incertitude. Ils étaient si jeunes tous les deux, si inexpérimentés… Wendante paraissait totalement décontenancé.

«Comment vais-je nourrir l'enfant? Nous n'avons rien. Juste un peu de terre.

— C'est de la bonne terre, fertile. Tu vas apprendre à la cultiver… et aussi à fabriquer des pirogues. Je peux t'employer si tu veux, j'ai beaucoup de commandes. On ne sera pas trop de deux. Tu vois, il ne faut pas t'inquiéter. Et puis Mebrat pourra aider ta femme. C'est une bonne mère, elle lui apprendra les gestes. Ne t'inquiète donc pas.

— Justement…»

Le jeune homme était de plus en plus mal à l'aise.

«La mère de mon épouse ne veut pas que je travaille pour toi. Elle dit que tu risques d'avoir mauvaise influence sur nous, à cause de votre fille.

— Et vous, vous en pensez quoi ? Ta femme va bientôt accoucher. En avez-vous discuté ? Que ferez-vous si c'est une fille ?

— Nous n'avons pas le choix…

— Pas le choix ? Pourquoi ? Pour faire comme les autres ? Pour ne pas contrarier ta belle-mère ? Et que diras-tu si ta fille meurt sous la lame ? Que vous ne pouviez pas faire autrement ? Ou alors que c'est une affaire de femmes ? Tu vois, c'est là que je ne suis pas d'accord. C'est aussi une histoire d'hommes. Et nous avons le choix. »

Yared le regardait maintenant sévèrement. Le moment était peut-être venu de prouver que lui aussi pouvait être sage et courageux. Wendante « l'homme fort ». Il fallait qu'il parle avec Abeba, son épouse ; qu'ils prennent ensemble leur décision. Yared savait que la future mère avait déjà discuté avec Mebrat ; comme son mari, elle hésitait à braver sa communauté. Menaces, pressions… La mère de la jeune femme harcelait le jeune couple, lui promettant mille maux et même de les déshériter s'ils choisissaient de rejoindre ceux que l'on appelait maintenant « les rebelles » : Mebrat et Yared. « Pas de putain dans la famille », sifflait-elle entre ses dents, dans un jet de salive méprisant. La jeune femme n'en dormait plus et appréhendait la naissance de son enfant, priant, comme tant d'autres mères, que ce fût un garçon.

Yared donna une claque amicale dans le dos de son apprenti. Ce n'était pas à sa belle-mère de décider. Elle appartenait à la vieille génération. C'était à la nouvelle de choisir ce qui était bon pour elle. Bien sûr, on se devait de respecter les anciens, mais il fallait aussi accepter le progrès.

« C'est à vous qu'appartient la décision, Wandante. À personne d'autre. Et vous ne serez pas seuls. Mebrat et moi sommes là. Shoayé aussi. Vois-tu, je ne pense pas que ma fille sera une mauvaise femme, infidèle ou volage. Nous l'élevons pour qu'elle soit une femme droite, comme nous élevons sa sœur. Il n'y a pas de différence entre les deux. Crois-moi. Il n'y a pas de doute à avoir. Ta fille ne sera pas une putain si vous refusez le rituel.

— Et les autres ?

— De plus en plus de parents feront le même choix que nous ; et comme je te le disais, nous les hommes, avons notre rôle à jouer. À nous de convaincre les parents des filles à naître que nous les accepterons pour épouses pour nos fils. Dis-moi, nous sommes entre nous, personne ne nous entend… »

Le ton de Yared se fit plus intime.

« Quand tu es seul avec ta femme, ce n'est pas difficile pour elle de te rejoindre ? Tu n'aurais pas aimé avoir une épouse qui ne souffre pas quand elle est dans tes bras ? Cette souffrance, même si nos épouses nous la cachent, ne te gêne-t-elle pas ?

— Pourquoi me parles-tu de cela, répondit le jeune homme, soudain très embarrassé. Je ne vois pas le rapport…

— Se peut-il que tu sois si naïf ? l'interrompit Yared. Tu vois, je suis heureux quand je pense que Shoayé ne souffrira pas quand elle sera femme, qu'elle se donnera à un homme et qu'il lui sera moins douloureux et moins dangereux aussi, de donner la vie. Et je serai fier d'avoir participé à cela. Réfléchis. »

Yared sut convaincre le futur père, lequel décida de réagir en homme fort et courageux. Il décida de ne plus trembler et de tenir tête, avec son épouse, à la colère des siens. Ainsi, une seconde fillette fut épargnée. Comme il l'avait promis au jeune père, Yared lui donna du travail et Mebrat et Abeba devinrent très proches. Le jeune couple vint s'installer non loin de leurs nouveaux amis.

Tous les matins, Yared partait avec Wandante. Il lui enseigna tout ce qu'il devait savoir pour confectionner de belles pirogues, et l'initia même à la pêche. Désormais, il ne s'aventurerait plus seul sur le lac, au grand bonheur de Mebrat. Les femmes, de leur côté, s'occupaient ensemble des fillettes et du café. Mebrat se sentait responsable de sa nouvelle amie. La famille de Wandante avait mis sa menace à exécution : les deux jeunes parents n'étaient plus les bienvenus chez eux. Ils avaient été « contaminés », disait-on, étaient eux-mêmes devenus des rebelles. Qu'ils restent entre eux.

Neuf mois plus tard, Mebrat mit au monde son premier fils. Secrètement, elle remercia sa bonne étoile. Le petit Alemayehu tant attendu arrivait enfin, un beau petit garçon, vif et dodu. Il ressemblait beaucoup au père de Mebrat et cela lui faisait plaisir. Des jumeaux naîtraient encore, dont un ne survivrait pas. La famille était donc maintenant composée de Genet, Shoaye, Alemayehu et Mesfin. C'était une jolie famille, riante et unie. Pourtant, Genet souffrait. Elle se sentait à part, différente, isolée, sacrifiée aussi. Elle enviait ses amies qui s'entendaient avec leurs sœurs. Elle, elle n'y arrivait pas. Plus le temps passait, plus un fossé se creusait entre Genet et sa sœur.

Shoayé grandissait, était l'objet de tous les regards, de toutes les curiosités, de toutes les médisances aussi. On traquait la différence, le trait de caractère, le défaut que l'on eût pu imputer à sa « particularité ». Très vite, la fillette perçut cette inimitié. Plus que tout, elle souffrait de l'attitude de son aînée. Genet, qui avait surpris une discussion entre ses parents, avait interrogé sa mère sur la « différence » de sa sœur. Mebrat lui avait expliqué en des termes très évasifs. Elles en reparleraient quand Shoayé et elle seraient plus grandes, en âge de comprendre. Mais Genet souffrait de cette situation et en voulait à sa sœur, elle aurait voulu avoir une enfance normale, et que sa famille ne soit pas le centre des commérages. Distante et hautaine, elle fut la première à surnommer Shoayé « *Kinteram* », terme plutôt vulgaire qu'elle avait entendu dans le village et qui désignait les filles non excisées. Elle le lui murmurait du bout des lèvres, d'une voix moqueuse chargée de mépris. Shoayé commença par en vouloir à sa mère de tout ce ressentiment autour d'elle qu'elle ne comprenait pas.

Des années s'écoulèrent avant que Mebrat ne se décide à tout lui expliquer. Cet après-midi-là, une fois encore, Shoayé était revenue du lac en pleurs. Un groupe de fillettes, bien sûr mené par Genet, l'avait poussée dans l'eau. « *Kinteram, kinteram* », chantaient-elles à tue-tête en l'empêchant de se relever, malgré ses pleurs et ses cris. La fillette avait dû attendre que les gamines se sauvent pour regagner la rive. Elle avait rejoint la maison familiale une heure plus tard, trempée et un pied nu. Genet, déjà rentrée, aidait sa mère à griller le café. Elle eut un sourire en coin en voyant sa sœur arriver.

«Maman, que signifie *kinteram*?

— Mais tu es trempée! Et où est ta chaussure? Où as-tu entendu ce mot?»

Mebrat l'attira contre elle. Shoayé refusa de répondre. Ce qu'elle voulait, c'était comprendre. Alors Mebrat parla.

Elle expliqua le rituel du septième jour, la souffrance qui ne quittait jamais vraiment celles qui avaient été excisées. Elle lui raconta ses cauchemars, incessants, le souvenir de la planche sous ses reins, ses larmes de douleur, celles de Genet. Et puis la mort de Moulou qui avait brisé Sennait et qui continuait de la hanter, elle, qui avait accepté d'être sa «mère des yeux». Enfin, il y avait la colère qui l'avait submergée et qui ne l'avait plus jamais quittée. Shoayé devait comprendre qu'elle n'avait pas à avoir honte, bien au contraire. Elle était la première certes, mais elle n'était déjà plus la seule. Depuis il y avait eu la petite de Wandante et Abeba, et une encore, dans un village voisin. Mebrat caressa le visage de sa fille.

«Les fleurs ne sont pas faites pour être coupées», ajouta-t-elle dans un sourire très doux.

C'est à ce moment très précis que la petite Shoayé décida de rejoindre sa mère dans sa lutte. Et à chaque fois qu'elle s'entendait appelée par son surnom, à chaque regard intrusif, elle se redressait, et de toute la fierté dont elle se sentait capable et qui la portait, elle reprenait cette phrase, désormais devenue sienne : « Les fleurs ne sont pas faites pour être coupées. »

Tenir tête envers et contre tous

Une poignée d'enfants bavardait gaiement sur le sentier du grand lac. Ils pressaient le pas pour ne pas arriver en retard. Les cinq kilomètres à parcourir ne leur faisaient pas peur. Ils étaient fiers d'aller à l'école, conscients de leur chance. Tous les enfants du village n'y allaient pas. Les autres restaient aux champs, surveillaient le bétail ou pêchaient sur le lac. Certains vendaient le produit de leur pêche ou le fruit de leur récolte. les petites filles aidaient leur mère dans les travaux domestiques, s'occupaient des plus jeunes et de la basse-cour, ramassaient le café ou le triaient, elles apprenaient ainsi à être de futures bonnes épouses et de bonnes mères.

L'école était un bâtiment fait de terre et de tôles. Elle accueillait quelques jeunes, tous âges confondus. On leur enseignait quelques bases, à compter et à lire, à écrire pour les plus courageux. Le vieux maître, Ato Getatchew, était sévère et usait s'il le fallait de la trique pour calmer les plus récalcitrants. Au grand plaisir de certains, il fut bientôt remplacé par une jeune institutrice, plus moderne. Les enfants l'appelèrent bientôt Miss Lulit. C'était une jeune femme douce et gaie. Elle n'hésitait pas à faire chanter ses élèves, à leur enseigner quelques rudiments d'anglais et, enfin, à rencontrer leurs parents quand elle estimait que c'était nécessaire.

Miss Lulit croyait en son métier et cela se voyait. Pour Shoayé, leur rencontre fut déterminante. L'institutrice, à ses yeux d'enfant, personnifiait l'instruction et surtout la liberté. Célibataire, sans enfant, elle n'allait pas chercher l'eau, ne portait pas le bois. Personne pour lui dire ce qu'il fallait faire, ou ne pas faire… Shoayé, aspirait à devenir médecin. Se rendre utile, soigner les gens, c'était là son rêve. Elle avait conscience que pour le réaliser, il lui faudrait partir loin. À Addis-Abeba d'abord, pour poursuivre ses études, et peut-être plus loin encore. Mais elle était prête. Certes, elle aimait son lac, mais elle savait déjà que sa vie serait ailleurs.

Genet, quant à elle, serait cueilleuse de café, comme sa mère. Elle désirait une vie calme au bord du lac. Elle n'éprouvait pas, contrairement à sa sœur, le besoin de partir. La jeune fille avait treize ans. Bientôt elle arrêterait d'aller à l'école et se marierait. Elle l'avait expliqué à leur mère qui lui demandait pourtant de prendre son temps, elle était si jeune encore. Mais l'adolescente avait insisté. Elle voulait faire comme les autres filles du village, trouver son époux. Mebrat ne s'était-elle pas mariée à quatorze ans? L'argument était imparable. Avec ses copines de classe, elle regardait les garçons, se demandait lequel deviendrait peut-être son mari. Il y avait le beau Mulugeta qui lui plaisait beaucoup. C'était un grand jeune homme d'une vingtaine d'années. Il gardait, nonchalant, le troupeau de son père. Le jeune homme se savait beau. Quand ils se croisaient au village, elle détournait le regard, faussement pudique, et partait avec ses amies, dans un rire un peu forcé; lui s'appliquait à l'ignorer, vaguement hautain. Genet voulait se marier, et vite. « Je ne suis pas comme ma sœur, moi, je ne veux pas que l'on me montre du doigt. » Elle continuait de souffrir du regard de la communauté sur sa famille. Être la sœur de Shoayé n'était pas simple. À l'âge où l'on n'a pas envie de se distinguer, elle en voulait à sa mère de ne pas avoir fait exciser sa sœur. Que dirait-on d'elle, que dirait-on d'eux? Une famille voisine avait même interdit aux deux sœurs de jouer avec leurs enfants! Ce jour-là, elle avait eu envie de crier qu'elle n'y était pour rien. Elle avait été excisée, elle; elle était comme les autres filles! Elle avait fini par tenir sa sœur pour responsable de tout cela et elle en avait honte. « Quand j'aurai une petite fille, moi je la ferai couper », répétait-elle à qui voulait l'entendre.

Un jour qu'elle était à l'école, un groupe de fillettes, une fois de plus, prit Shoayé à partie. Elles étaient une dizaine à l'entourer, à la bousculer en riant. Certaines crachaient.

L'enseignante vola au secours de la fillette. Que se passait-il ? Shoayé lui raconta alors les cheveux tirés, les cahiers déchirés et les rires moqueurs. Le trajet matinal était particulièrement terrible et sa propre sœur, en plus, faisait partie des meneuses. La petite fille choisit d'avoir confiance en l'institutrice. Elle l'aimait bien et pressentait confusément qu'elle, et plus généralement l'école, pouvaient être ses alliées. À onze ans, elle avait déjà compris que l'instruction des filles était essentielle : elles seraient les mères, peut-être aussi les exciseuses de demain.

Quelques jours plus tard, la maîtresse d'école réunit les fillettes. Pourquoi harcelaient-elles leur camarade ? Que connaissaient-elles de l'anatomie féminine ? Pour la première fois, les écolières entendirent parler de cette part d'elles-mêmes dont on les avait privées.

Elles comprenaient enfin et acceptèrent de parler. Elles évoquèrent leur fierté d'être excisées même si elles en souffraient régulièrement. Il fallait l'accepter pour être une femme honnête. Était-on une femme quand on n'avait pas subi le rituel, une femme digne de trouver un mari ? Ne devenait-on pas, au contraire, comme celles que l'on paye, et qui traînent dans les villes, méprisées de tous ? C'est ce que l'on disait chez elles. Y avait-il des pays où les filles n'étaient pas excisées ?

Avec beaucoup de douceur, de patience, mais aussi de fermeté, la pédagogue expliqua qu'il existait des pays où les filles ne subissaient pas ce rituel. D'ailleurs, même en Éthiopie, toutes les filles n'étaient pas excisées. Cela dépendait des régions, des croyances, des familles.

Pour la première fois, Shoayé éprouva une réelle fierté. Elle se surprit à penser que c'étaient plutôt les autres fillettes qui avaient « une particularité », et cela la rasséréna. Après tout, ce n'était qu'une question de point de vue. Oui, la leçon donnée par l'institutrice la rassura. On pouvait être « entière » et réussir sa vie. Elle se sentit plus forte. Les autres fillettes redoublèrent de questions. Shoayé était bonne élève : les filles entières étaient-elles plus intelligentes ? L'institutrice les rassura en souriant, non, cela n'avait rien à voir. Elle conclut en insistant sur le fait que leur destin leur appartenait, et celui de leurs filles à venir. Qu'elles ne l'oublient jamais.

Bientôt des débats s'organisèrent au sein de l'école, espace privilégié d'échange et d'écoute. Mebrat, à qui Shoayé avait rapporté ce qui s'était dit en classe, sympathisa rapidement avec Mademoiselle Lulit. Les deux femmes organisèrent ensemble des «cours pour les femmes». En fait, il s'agissait davantage de temps dédié à la discussion. Elles ne furent pas nombreuses au début à y assister, et celles qui venaient étaient le plus souvent dissimulées dans leur grand *shama*.

Yared, quant à lui, de son côté, continuait de débattre avec les hommes. Cela commençait à porter ses fruits. Déjà, quand Abeba avait refusé de soumettre sa petite au rituel du septième jour, sa belle-mère, furieuse, n'avait pas hésité à aller se plaindre auprès d'Aklilou, le chef du village. Ce dernier connaissait bien Yared, avait été l'ami de son père. Il appréciait le jeune homme et son opinion comptait pour lui. Aklilou, en homme sage, avait conscience de ce qui se passait dans son village. Le moment semblait venu pour lui d'intervenir, d'apaiser les esprits. Il demanda à Yared de le rejoindre un après-midi, sous le grand arbre, au bord du lac. L'arbre, généreux, offrait son ombre à qui voulait s'y abriter et c'est là que l'on aimait se retrouver pour discuter.

Les deux hommes s'installèrent confortablement, chacun appuyé sur son repose-tête. Aklilou, enroulé dans son grand *shama* blanc, contemplait au loin les îles du lac. En homme éclairé, il aimait la solitude et venait souvent là quand il avait à réfléchir, loin du bruit du village. Il aimait dire qu'il devait demander son avis au grand lac. Les deux hommes, unis dans un même respect, s'imprégnèrent du silence que seuls les cris des oiseaux troublaient.

«Penses-tu Yared qu'il soit bon d'abandonner une tradition?

— Quand une tradition ne correspond plus à la société, alors je pense qu'il faut savoir l'abandonner. Le monde évolue. Nous pouvons imaginer un autre rituel qui ne blesserait pas nos filles… Parce que c'est bien de cela que tu veux me parler, n'est-ce pas?»

Une discussion s'ensuivit. Chacun écoutait l'autre, argumentait. Les traditions étaient le ciment des sociétés, ne plus les respecter, n'était-ce pas dangereux pour leur identité séculaire?

« Que pensera-t-on de moi, si je vous laisse faire, Mebrat et toi?

— Mais que tu es un chef sage et moderne, rétorqua Yared. Et c'est en tant que tel que tu dois donner l'exemple. »

L'épouse d'Aklilou portait leur huitième enfant. Que décideraient-ils si jamais c'était une fille ? Oui, les hommes aussi devaient se sentir concernés. L'excision n'était pas qu'une affaire de femmes. C'était celle de tous. D'autres parents les rejoindraient, Yared en était certain. Il reprit la phrase de sa femme : « Les fleurs ne sont pas faites pour être coupées »… Aklilou pouvait participer à cela, en chef visionnaire et éclairé, et pourquoi pas, en père. Un des arguments qui allait dans le sens de la coutume était la peur de ne pas trouver de mari. À eux donc, les époux à venir, de faire savoir que ce n'était plus le cas.

Le chef du village, en homme raisonnable, choisit de privilégier le dialogue communautaire. Ainsi, grâce à sa sagesse, la parole se libéra.

Une petite fille naquit chez le vieil Aklilou que ses parents décidèrent d'épargner. Cette décision provoqua un véritable séisme dans le village et alentour. Aklilou, en homme sage, avait décidé de donner l'exemple. Quelques semaines plus tard, ce fut au tour de Sennait de refuser le rituel. Elle avait enfin trouvé le courage et la force qui lui avaient manqué pour la petite Moulou. Ce courage l'avait transfigurée : elle en était fière. Elle sauverait sa fille. Sennait n'avait plus rien à voir avec la jeune femme timide et fragile qui toujours semblait s'excuser. Elle ne ploierait plus sous la culpabilité de la mort de sa petite Moulou. Deux autres femmes du village l'imitèrent bientôt. Mebrat était bouleversée d'observer tous ces changements. Bouleversée et fière. Enfin, il se passait quelque chose ! Oh, elle n'était pas dupe, ce serait encore long. Mais tout de même !

Le village continua d'évoluer. Des jeunes femmes, encouragées par Mebrat, Abeba et maintenant Sennait, se rendaient aux réunions à l'école. La parole se libérait toujours davantage. Yared et Wandante s'adressaient aux jeunes hommes, aux futurs maris. Bien sûr, la décision du chef Aklilou avait marqué le clan.

Genet continuait de se montrer hostile. Si des générations de mères avaient décidé de faire exciser leurs filles, c'est que c'était nécessaire. Elles ne pouvaient pas être autant nombreuses à s'être trompées, pendant si longtemps… On avait beau lui expliquer qu'il ne s'agissait pas d'erreur, une raison, plus obscure, plus intime aussi, expliquait sa réaction. Genet ne pouvait supporter cette idée que Mebrat avait refusé d'exciser sa cadette par amour... Que devait-elle en penser, elle qui avait subi le rituel ? Sa mère l'avait-elle moins aimée ? Avait-elle moins mérité que celle-ci se battît pour elle ? Genet était jalouse, d'une jalousie sourde, qui l'étouffait, empoisonnait son existence et sa relation avec sa cadette.

Ainsi, lorsqu'à son tour, elle accoucha de sa première fille, dès le lendemain, elle fit appeler l'exciseuse pour préparer la cérémonie. À l'annonce de la nouvelle, Mebrat courut chez sa fille. Comment était-ce possible ? N'avait-elle rien compris de leur combat, ni rien appris ? Genet, les dents serrées, lui répondit que ce combat n'avait jamais été le sien. D'ailleurs, sa mère l'avait fait exciser... À ces mots, le cœur de Mebrat se serra. Elle prit sa fille dans ses bras. Elle commença par lui demander pardon. Si Shoayé ne devait pas avoir honte de ne pas être excisée, il en était de même pour elle, Genet. L'une et l'autre étaient des femmes à part entière et elle était fière de ses deux filles. Mebrat n'avait pas osé s'opposer à Tsehaye à sa naissance. Elle était encore si jeune, et si seule aussi. Elle avait voulu le meilleur pour Genet et avait donc décidé de se plier à la coutume, comme sa propre mère l'avait fait pour elle. Et puis, elle l'avait vue souffrir, l'avait entendue hurler de douleur, pauvre petite fille de sept jours. Instantanément, elle avait regretté sa décision. Elle avait pleuré de l'entendre gémir. Quand, trois ans plus tard, la petite Moulou était morte sous la lame de l'exciseuse, Mebrat avait pris sa décision. Plus jamais elle n'imposerait le rituel et, dorénavant, elle refuserait d'être « mère des yeux ». Malheureusement, on ne pouvait pas changer le passé ; en revanche, Genet pouvait œuvrer pour l'avenir de sa fille : elle pouvait elle aussi refuser.

Enfin, c'est après une longue discussion mouillée de larmes, teintée de colère et de rancœur, que Genet renonça à faire exciser sa petite.

France, années 2010

La Maison de Mebrat

Perdue dans la contemplation de sa penderie, le Dr Haile semblait songeuse. Elle finit par opter pour un pantalon noir et un simple chemisier blanc, légèrement échancré. Pour tous bijoux, elle portait une chaîne en or à laquelle était accrochée une petite croix copte, et un fin bracelet d'or ciselé, un cadeau de sa mère lorsqu'elle avait obtenu son diplôme. Un peu de poudre sur les paupières, un léger trait de crayon à lèvres : Shoaye était superbe. Elle incarnait parfaitement cette beauté africaine, altière et féline. Invitée d'honneur du séminaire « Médecine du tiers-monde »… Elle qui n'avait jamais aimé les mondanités, elle avait d'abord été tentée de refuser cet « honneur », mais elle s'était ravisée, voyant dans cet événement, certes très angoissant pour elle, une chance de faire connaître La Maison de Mebrat au plus grand nombre. Le colloque serait suivi à l'international… Il eût été stupide de se priver d'une telle opportunité.

À Deauville, sur la côte normande, devant l'hôtel des Planches, c'était l'effervescence. On assistait à un véritable ballet de voitures. Des chauffeurs empressés ouvraient la portière à des médecins venus du monde entier. Pendant quelques jours, on échangerait, on analyserait, on tenterait de séduire, parce que soigner coûte cher. Il allait falloir convaincre, obtenir l'aide financière des généreux bienfaiteurs, des mécènes, des sponsors philanthropes, avec toujours cette question lancinante : combien coûte la vie d'un enfant ? Oui, le programme était ambitieux et, il fallait bien se l'avouer même si le constat était douloureux, la planète ne se portait pas au mieux. On allait encore parler de campagnes de vaccination, de moustiquaires, de traitements, de HIV et des épidémies. On aborderait aussi la question de la formation sur place, celle de l'éducation des filles, de l'hygiène, de la contraception.

Les journalistes ne tardèrent pas à arriver. Les réunions spécialisées n'étaient prévues que pour le lendemain, mais l'ouverture, avec notamment le discours du Dr Haile, se déroulerait le soir même, juste avant le repas. En attendant, on s'installa dans la grande salle. Un petit reportage sur la région fut présenté, on apprécia la beauté des plages du Débarquement. La salle était encore plongée dans la pénombre quand elle arriva, accompagnée jusqu'à l'estrade par le président du séminaire. Là l'attendaient un microphone et un fauteuil.

Quand toutes les lumières se furent rallumées, la jeune femme resta un instant pétrifiée. Tous furent saisis par sa beauté que sa gêne n'altérait nullement, bien au contraire. Shoaye Haile pensa à La Maison de Mebrat et à toutes celles qui comptaient sur elle. Elle pensa à sa mère et elle se redressa. La gazelle effarouchée céda la place à la reine abyssine. Le président s'approcha et la présenta à l'auditoire : le Dr Haile, «chirurgienne en reconstruction de l'appareil génital féminin».

Shoaye se lança d'abord dans un bref historique de la pratique de l'excision. Il était important de comprendre pour pouvoir agir. On s'arrêtait trop souvent à un jugement hâtif. Savait-on, par exemple, que le célèbre Ambroise Paré, souvent considéré comme le père de la chirurgie, chirurgien du roi Charles IX, préconisait que l'on coupât le clitoris, appréhendé à l'époque comme une pathologie ; qu'au XIXe siècle encore, l'excision séduisait les sociétés savantes européennes ? L'excision n'était pas l'apanage du seul continent africain, même de nos jours. Un exposé médical s'ensuivit. La chirurgienne présenta les quatre types de mutilations sexuelles féminines recensées. Elle détailla ensuite les répercussions, innombrables, de ces pratiques, puis évoqua la nécessité de soulager les victimes.

Le D. Haile s'enflammait, le médecin s'effaçait derrière la femme. Dans le public, certains frissonnaient. C'était le moment de présenter La Maison de Mebrat, centre d'accueil ouvert à Addis-Abeba par Shoayé et Mebrat quelques mois plus tôt. C'était une petite clinique privée où elle opérait pour rendre aux femmes cette part de leur intimité et les soulager de douleurs abominables. Il était important de comprendre que ces femmes devaient se reconstruire physiquement, mais aussi psychologiquement. Les réminiscences du rituel étaient également douloureuses. L'objectif de Shoaye Haile était que d'autres maisons ouvrent partout dans le monde où les femmes continuaient d'être ainsi mutilées. Elle avait donc besoin du soutien de tous et de la bonne volonté de chacun.

Pour finir, Shoayé insista sur l'importance de l'instruction des filles, mais aussi des garçons. D'ailleurs, quand elle ne soignait pas, elle allait à la rencontre des plus jeunes dans les lycées et aussi à la faculté de médecine. Elle restait persuadée que pour que les choses avancent, il fallait libérer la parole. Quand elle eut fini son discours, la salle se leva, d'abord dans un silence respectueux puis se mit à l'applaudir. Shoayé avait gagné son pari.

✱

« Docteure, une journaliste demande à vous rencontrer. »

Le docteur Haile leva les yeux de son dossier et marqua une pause, visiblement agacée : elle n'avait pas de temps… Cependant, elle se ravisa : les journalistes pouvaient être ses alliés. Qu'on l'installât dans le salon, elle arrivait.

Conçue pour ouvrir ses portes à des femmes tourmentées, éprouvées dans leur chair et dans leur âme, La maison de Mebrat France se voulait accueillante. Shoayé l'avait rêvée puis créée patiemment, avec détermination. L'entrée était constituée d'une grande pièce divisée en petits salons comportant quelques *mossob*, tables éthiopiennes en paille tressée, des tabourets en bois, quelques fauteuils et des canapés aussi. Un bar était disponible, avec un petit frigo et un four à micro-ondes. Sur les murs beiges, des photos des hauts plateaux éthiopiens et des affiches aux slogans vantaient le pays de la reine de Saba « *Ethiopia, thirteen months of sunshine* ». Les fenêtres étaient drapées de voiles légers et de *shama*. Tout était fait pour que chaque femme se sente protégée, à l'abri, avec la possibilité de rester là quelque temps pour panser ses plaies, penser sa vie à venir. Ici, elles pouvaient discuter, se confier, mettre des mots sur leur souffrance, enfin. Derrière l'espace consacré à l'accueil, on pouvait voir une photo de la maison mère, à Addis, avec sur le perron l'équipe réunie. Un planisphère était affiché sur un mur où étaient repérés les trop nombreux pays dans lesquels on pratiquait encore l'excision.

D'abord prévue pour accueillir des femmes mutilées venues ici pour se reconstruire, La maison de Mebrat était petit à petit devenue le refuge de femmes victimes de maltraitance et de viol. Une équipe était disponible à temps plein pour les accueillir et les soutenir : des médecins, des psychologues, deux assistantes sociales, et bien sûr on travaillait main dans la main avec une équipe d'avocats pour guider ces femmes dans leurs démarches quand elles décidaient, et c'était de plus en plus fréquent, de porter plainte. Shoayé avait même réussi à rallier une clinique à sa cause. Ainsi, elle disposait d'un bloc opératoire où elle pouvait opérer ses patientes. Oui, elle était vraiment fière de cette structure et c'était justifié.

Quand la chirurgienne entra dans la pièce, la jeune journaliste regardait les photos affichées sur les murs. L'une d'entre elles semblait retenir son attention.

« C'est ma mère. Mebrat. Elle est belle n'est-ce pas ?

— Vous lui ressemblez beaucoup. Mebrat, comme La Maison de Mebrat ?

— On ne peut rien vous cacher. »

La jeune femme rit de la stupidité de sa question et lui tendit la main.

« Je m'appelle Reine Pardon. Comme le pardon. J'aurais pu être religieuse avec un nom pareil. Mais bon, j'ai préféré être journaliste. »

Reine Pardon avait écrit sur les résistantes, célèbres ou anonymes, et s'enorgueillissait d'avoir rencontré Simone Veil qu'elle admirait par-dessus tout. Militante féministe, elle avait écrit sur l'engagement de la ministre et sur son combat pour la dépénalisation de l'avortement. Depuis toujours, sa plume était vouée à la cause des femmes.

Elle plut immédiatement à la chirurgienne. Les cheveux blonds en désordre, un jeans qui n'était plus de la première fraîcheur, un regard impertinent qu'aucun trait de maquillage ne venait souligner, un sourire franc, c'était une boule d'énergie qui respirait la bienveillance. Shoayé, amusée, montra un fauteuil à son invitée.

« Vous désiriez me rencontrer ?

— Oui, excusez-moi. Je ne voudrais pas vous faire perdre votre temps. Vous savez, j'étais à Deauville. J'ai entendu votre discours, j'étais dans la salle. Vous m'avez impressionnée. Vous étiez si… comment dire… si… je ne trouve pas mes mots. »

Shoayé fut touchée par cette admiration.

« Je voudrais écrire quelque chose sur vous. Pour vous. Pour celles pour lesquelles vous vous battez.

— C'est vrai ? »

La chirurgienne accepta l'offre. Reine Pardon s'attendait à devoir argumenter. Cela ne fut pas le cas.

Comprendre pour mieux combattre

Les deux femmes prirent l'habitude de se rencontrer régulièrement. Elles se retrouvaient souvent dans le bureau de Shoayé, parfois en ville, dans un restaurant ou à la terrasse d'un café.

La journaliste discuta avec des femmes, jeunes ou moins jeunes, venues à La maison de Mebrat chercher quelque réconfort, des femmes en souffrance, perdues souvent. Elle fut touchée par une étudiante guinéenne venue là avec sa petite sœur de neuf ans. Elle avait entendu ses parents discuter avec la grand-mère : on profiterait des prochaines vacances au pays pour faire exciser la petite dernière. L'étudiante, désespérée, était prête à tout. Mais que faire ? Reine Pardon prit conscience, ce jour-là, de l'ampleur de la tâche qui restait à accomplir.

Shoayé avait rencontré la mère de la petite fille à plusieurs reprises. Elle avait argumenté des heures durant. L'enfant était née en France, elle n'avait donc rien à voir avec cette tradition. La mère, une femme pourtant moderne et indépendante, ne voulut rien entendre. Bien que vivant en France depuis plus de quinze ans, elle avait toujours associé racines et tradition. Or, refuser les coutumes de son pays reviendrait à ses yeux à s'en séparer. Un peu comme une infidélité. Et puis, une grande partie de sa famille vivait là-bas, au pays, et n'aurait pas compris que la petite ne se pliât pas à l'usage. Sa fillette ne devait pas oublier d'où elle venait. La Guinée, c'était ses racines. Elle n'en mourrait pas, d'autres fillettes étaient passées par là, d'autres y passeraient encore !

La chirurgienne eut beau assurer que si, justement, on pouvait en mourir, que la pratique était interdite, que son attachement à son pays d'origine pouvait se traduire autrement, par l'apprentissage de la langue, la mode vestimentaire, la poésie, ou la musique, bref par tout ce qui était culturel… il n'y eut rien à faire.

Le matin du départ, Shoayé alla sonner à leur porte, mais c'est le père qui la repoussa, comme on avait repoussé sa mère à l'époque. Le cœur brisé et la rage au ventre, elle dut laisser partir la petite. Totalement démoralisée, elle appela la journaliste à laquelle elle avait promis de donner des nouvelles.

« Et si nous mangions ensemble ? Je vous invite chez moi. Repas éthiopien. Je n'ai pas envie de passer la soirée seule. »

Reine Pardon, surprise, accepta sans hésiter.

Ce soir-là, elle arriva un bouquet de fleurs à la main. L'Éthiopienne la remercia, un peu troublée. C'était la première fois qu'une femme lui offrait des roses. Pour la soirée, elle avait revêtu une robe traditionnelle. Longue, blanche, brodée de fils d'or, elle mettait sa taille en valeur. Ses cheveux crépus dont elle prenait grand soin brillaient sous la lumière. Un voile brodé couvrait ses épaules. Elle était pieds nus et Reine eut quelque difficulté à reconnaître la jeune femme timide et angoissée rencontrée à Deauville quelques semaines plus tôt. Assurément, c'était elle la reine.

« J'étais en train de préparer le repas. Entrez. Allons dans la cuisine. Je vais vous faire découvrir *l'injera.* »

Sur la table de cuisine attendaient les galettes de *teff* qui seraient bientôt agrémentées de préparations culinaires plus savoureuses les unes que les autres.

« Respirez-moi ça. »

La jeune femme souleva le couvercle d'une marmite.

« Voici le *dorowat*, il s'agit de poulet en sauce accompagné d'œufs durs. C'est un peu épicé, mais c'est délicieux. Il y a du gingembre, du *berbéré,* du piment, mais pas trop, rassurez-vous… là, vous avez le *mesir wat,* une recette à base de lentilles ; je vous ai préparé aussi du *wat* de viande. C'est un peu comme votre ragoût de bœuf. Bien sûr, vous allez devoir goûter au *niter kibbe*, c'est une sorte de beurre. On le fait revenir avec des oignons, de l'ail, du gingembre et des épices. Après, on le clarifie. C'est délicieux. Alors ? Ça vous tente ? »

Reine ne pouvait détacher ses yeux de tous ces plats. Les aromes s'étaient emparés d'elle et l'avaient emportée bien loin. Quelques minutes plus tard, les deux femmes s'installaient à table.

« Chez nous, pas de couverts ni d'assiette. Vous allez devoir manger avec vos mains, expliqua la jeune Éthiopienne en souriant. L'*injera* est le plat, mais aussi l'ustensile. »

Elle déroula une galette sur un plateau circulaire, disposa dessus les différentes préparations, déchira un morceau de galette et se servit dans le plat. Elle prit un peu de lentilles et offrit la bouchée à son invitée.

« C'est la tradition, le *gursha*. Ma façon de vous souhaiter un bon appétit et de vous honorer. »

La journaliste, séduite, se laissa faire. Quelques instants plus tard, elles riaient ensemble. L'*injera* était assurément le plat du partage, des mains qui se tendent, qui se frôlent, des rires échangés, des amitiés naissantes.

Après le repas, les deux femmes s'installèrent sur des petits tabourets de bois et Shoaye se concentra sur le café qu'elle s'apprêtait à servir. Le cérémonial du café – le *buna* – était chose sérieuse en Éthiopie et la chirurgienne voulait faire honneur à la journaliste. Comme le veut la tradition, elle avait disposé tous les ingrédients nécessaires devant elles : un petit brasero, du charbon de bois, le petit pot dans lequel brûlerait bientôt l'encens, le mortier, le pilon qui servirait à écraser les grains de café vert, un petit bol en terre, deux petites tasses sans anse, le pot à café et son support. Sans oublier le sel, le sucre et du beurre pour accompagner le tout, des grains d'orge grillés ainsi que le *dabo*, le pain éthiopien. Reine Pardon, attentive, contemplait la scène. Peut-être pensait-elle à sa machine dernier modèle et aux dosettes qui trônaient sur le bar de sa cuisine américaine. Elle ne put s'empêcher d'avoir un peu honte. Ses pensées se tournèrent vers sa grand-mère disparue. Elle se revit petite fille en train de moudre le café sous le regard bienveillant de son aïeule. Où était passé ce petit moulin en bois qu'elle adorait manipuler ? Elle se promit d'aller le chercher dans la maison de ses grands-parents laissée un peu à l'abandon depuis qu'ils n'étaient plus là. Elle savait où sa grand-mère le rangeait. Avec un peu de chance, il y était encore.

«Au préalable, j'ai rincé les grains plusieurs fois. Maintenant, ils sont prêts à être grillés», dit Shoayé, en les disposant sur le brasero.

Elle s'activait tout en parlant.

« Une fois grillés, on pourra les piler. Vous sentez cette odeur ? »

Elle se pencha avec grâce vers le plateau de bois, saisit la cafetière puis versa le breuvage dans les tasses. Près d'elles, dans un pot prévu à cet effet, de l'encens brûlait, dégageant des volutes bleues. Reine Pardon se sentit transportée, à nouveau, à des milliers de kilomètres de là. Elle s'imagina dans une petite maison en torchis sur les hauts plateaux abyssins semblable à la photo accrochée dans l'entrée de l'appartement de son hôtesse.

Enfin, les deux femmes s'installèrent confortablement et Shoaye accepta la cigarette que lui tendit Reine Pardon.

« Vous voulez bien me raconter ? Vous accepteriez de m'expliquer exactement en quoi consiste votre métier ? Et aussi, avant tout, les raisons de cette pratique si redoutable. »

L'Éthiopienne s'enfonça davantage dans son canapé et, comme à son habitude, se cala un coussin contre le ventre, peut-être une façon de se protéger de ce qu'elle s'apprêtait à raconter. Un silence pesant s'installa durant lequel elle se plongea dans une profonde réflexion. Elle suivait du regard la fumée qui s'échappait de ses lèvres entrouvertes. La journaliste la regardait intensément, suspendue à ses lèvres. Shoayé commença à raconter, choisissant ses mots, les soupesant avec mille précautions ; comme pour ne pas heurter Reine, comme peut-être aussi pour ne pas heurter sa propre mémoire. Elle prit une longue inspiration puis se lança dans le récit de la cérémonie au cours de laquelle sa mère avait été excisée, à l'âge de sept ans, ainsi que d'autres petites de son âge. C'étaient des mots graves et douloureux, lourds des hurlements muets des femmes enfants. Reine Pardon frissonna tandis que Shoayé poursuivait, raide, le regard sévère, la mâchoire crispée. L'Éthiopienne semblait maintenant parler pour elle-même. Elle était loin de son appartement, loin de son invitée, perdue quelque part au bord des rives d'un lac.

« Mais pourquoi tout ceci ? Je n'ai jamais compris la raison de cet acte. Cela me semble tellement… barbare…

— Il n'est jamais aisé de comprendre la raison d'une tradition. Celle-ci est ancestrale, et contrairement à ce que certains croient, n'est pas forcément liée à la religion. La preuve en est que les premiers cas d'excision recensés remontent à l'Égypte des pharaons ! Ma propre famille est chrétienne et pourtant les femmes de ma famille ont été excisées ; quant à ma grand-mère, c'était une des exciseuses les plus réputées de la région. Faire l'ablation du clitoris, c'est retirer à la jeune fille une partie considérée comme "masculine", c'est donc lui permettre de devenir une femme. Quant à la souffrance, si celle-ci est atroce, elle permet à la femme de devenir plus forte. C'est du moins ce que disent les mères. Chez vous, vous dites que "ce qui ne tue pas rend plus fort". Pour les femmes qui excisent ou qui font exciser, c'est la même chose. Une femme capable d'endurer cette douleur sera respectée dans sa communauté, aura des prétendants et sera une bonne épouse et une bonne mère. La souffrance n'est pas niée, au contraire. Dans l'esprit des femmes, elle est malheureusement considérée comme une étape nécessaire. Elle fait partie intégrante du rite et si les parents font exciser leurs filles, c'est pour leur éviter d'être montrées du doigt, d'être dénigrées. Les filles non excisées étaient, sont encore parfois associées à la prostitution. C'est donc… pour leur bien, en quelque sorte ; pour leur réputation et pour l'honneur de la famille.

— Oui, mais parfois, exciser tue.

— Oui, parfois.

— C'est tellement… Je suis désolée, mais cela me semble si… cruel… si… barbare, je le redis… »

La journaliste cherchait ses mots tant ce qu'on lui expliquait lui paraissait monstrueux.

Shoayé poursuivit :

«Attention, ces femmes ne méritent pas d'être jugées. Il faut apprendre à ne pas juger, même quand on ne comprend pas, surtout quand on ne comprend pas. Rappelez-vous ce que j'ai expliqué lors de la conférence. Être exciseuse est un métier, même s'il est aujourd'hui illégal, dans la grande majorité des pays dans lesquels il est pratiqué. L'exciseuse disposait d'un véritable statut social et ce n'est pas en leur crachant notre mépris au visage que le problème sera réglé. C'est au contraire grâce au dialogue communautaire, avec les chefs, les religieux, les anciens et les femmes bien sûr. L'Occident ne doit pas simplement condamner et clamer que "ce n'est pas bien", simplement dénoncer, qualifier la coutume de barbare, selon le terme que vous avez employé. D'ailleurs, il ne faut pas oublier que les femmes qui pratiquent l'excision sont également des victimes ; ma grand-mère a souffert elle aussi. Elle aussi a pleuré.

— Mais alors, pourquoi continuer ?

— Encore faut-il savoir que l'on peut arrêter…

— Je peux vous poser une question… délicate. Si je suis indiscrète, ne répondez pas. Vous-même…

— Vous voulez savoir si j'ai été excisée. Non. En fait, j'aurais dû l'être, mais ma mère a refusé. Je suis la première fille de mon village à ne pas avoir été mutilée. Grâce à ma mère. Elle avait même menacé d'aller se cacher sur une des îles du lac… » ajouta-t-elle dans un sourire, une des îles interdites aux femmes justement.

Shoaye lui raconta le courage de sa mère, la mort de la petite Moulou et la décision de Mebrat.

« Mebrat la rebelle… Vous pensez bien que ça a été considéré comme un affront pour la communauté. Ma grand-mère, qui était exciseuse, a exigé que je subisse le rituel, mais ma mère a su tenir bon. Elle a refusé la cérémonie. Plus tard, elle m'a envoyée à l'école avec ma sœur Genet. Vous savez, dans ma langue, Mebrat signifie "la lumière". Jamais un prénom ne fut aussi bien porté.

— Genet vit-elle en France ?

— Non, elle vit là-bas, au bord du lac. Elle a épousé un éleveur de zébus et ramasse le café. Nous n'avons pas le même parcours. Genet est ma sœur aînée. Elle a été excisée et je crois qu'elle m'en a toujours voulu pour ma "singularité". C'est aussi pour cela que je suis partie pour Addis-Abeba, la capitale. Je voulais aller à l'école, recevoir une instruction, apprendre d'autres langues et choisir ma vie. Mon oncle était gardien au lycée Guebre Mariam, le lycée franco-éthiopien. Sa femme et lui ont accepté de m'accueillir et j'ai pu être scolarisée là-bas. C'est comme cela que j'ai pu apprendre le français. De toute façon, je ne pouvais plus vraiment rester dans mon village aux bords des rives du lac. Je ne remercierai jamais assez mes parents de m'avoir écoutée et de m'avoir comprise. »

Elle raconta son adolescence à Addis, chez son oncle et sa tante. Elle avait été heureuse chez eux. Ils l'avaient accueillie comme leur propre fille. C'étaient des gens simples et généreux. Pour la première fois de sa vie, Shoayé avait eu sa propre chambre. Elle aidait sa tante dans les travaux de la maison, apprit la couture, gardait le petit dernier âgé de six mois. Et puis, surtout, elle put aller au lycée. Elle adora cette période de sa vie. Le lycée était un véritable lieu cosmopolite, un carrefour culturel où une quarantaine de nationalités étaient représentées. Être adolescent au lycée Guebre Mariam, c'était s'ouvrir au monde. Là-bas, enfin, plus de surnom méprisant, plus de rire sous cape. Shoayé était une lycéenne comme les autres. Elle montra à son invitée une photo accrochée au mur. On y voyait un groupe d'adolescents souriants, assis sur des gradins devant un stade : des amis heureux de vivre.

« C'est une jolie photo. Vous êtes toujours en contact ?

— Malheureusement non. Il faut dire que nous étions de nationalités différentes. Nous venions de partout. Quel bonheur que ces instants échangés et quelle richesse aussi ! Aujourd'hui, évidemment, nous sommes dispersés partout dans le monde. Quant à ces gradins… L'endroit sacré du lycée ! On s'y rencontrait,

on y bavardait, on s'y courtisait aussi. Les garçons para-
daient devant les filles, lesquelles riaient en détournant
leur regard. Premiers émois, premiers flirts, premiers
chagrins parfois. »

C'était sur ces mêmes gradins qu'elle avait pensé sa
vie, qu'elle l'avait rêvée, organisée. Elle serait gynéco-
logue et consacrerait sa vie aux femmes. Bien plus tard,
alors qu'elle poursuivait ses études en France, elle avait
entendu parler de chirurgie reconstructrice.

« D'autres femmes ont-elles rejoint votre mère dans
son combat ?

— Oui, même si cela mit du temps. Des femmes qui
ont choisi elles aussi de préserver leurs petites.

— Mais comment peut-on "reconstruire", c'est le
terme que vous utilisez, je crois, une femme excisée ?
Cela est impossible, non ?

— Pas du tout ! La chirurgienne reprenait le dessus.
Tout dépend en fait du type d'excision que la femme
a subi. Cette reconstruction peut permettre de recréer
un organe en en libérant la base. Malheureusement,
l'intervention n'est pas toujours possible. La première
jeune femme que j'ai reconstruite m'appelle depuis sa
deuxième mère. Une relation un peu étrange en fait…
Je suis devenue sa marraine… mais chaque avancée
comporte un impact négatif, chaque médaille a son
revers. Aujourd'hui, pour certaines, l'argument est que

l'on peut exciser et respecter la tradition puisqu'il est possible de réparer, d'autant que certains médecins proposent d'exciser sous anesthésie… Comme si le seul problème était la douleur de l'acte!»

Reine buvait ses paroles, bouleversée et admirative. Sa propre vie lui sembla terne. En quoi était-elle utile aux autres?

«Vous voulez m'aider?»

Shoayé semblait avoir lu dans les pensées de son invitée.

«Je suis attendue dans mon village dans trois semaines. Venez avec moi. Je vous présenterai Mebrat et Genet. Faites un reportage sur ma mère. C'est elle la lumière, c'est elle l'héroïne.»

La journaliste accepta, excitée à l'idée de ce voyage et des rencontres à venir, émue par cette marque de confiance.

«En attendant, ce soir, j'ai besoin de légèreté… *ulet bira*! ça veut dire deux bières… dit-elle en se levant. Vous allez goûter à la bière éthiopienne. Et puis, nous allons danser. Je vais vous apprendre. Comme ça, vous serez initiée et prête quand on sera sur place.»

Elle se leva et disparut quelques instants pour revenir avec une robe dans les bras.

«Allez enfiler ça. Il le faut pour bien danser. Et puis ça va vous changer! Je ne vous jamais vue autrement qu'en jeans! Allez, je vous attends! En attendant, je vais nous chercher les bières. »

Reine, mal à l'aise, s'exécuta. Elle abandonna à regret son vieux jeans déchiré pour une belle robe tradition-nelle, brodée aux couleurs de l'Éthiopie. Elle se regarda dans la psyché et se sentit immédiatement ridicule. Elle se redressa pourtant, tenta un sourire. Elle prit le *shama* et voulut le disposer sur ses épaules, comme elle avait vu faire l'Éthiopienne.

« Attendez, je vais vous aider. »

Shoayé était derrière elle, Reine ne l'avait pas enten-due arriver.

« Je suis ridicule…

— Ne croyez pas ça, je vous trouve splendide au contraire et très… sexy. Attendez, je vais vous aider. »

Elle disposa l'étole. Le frôlement du voile de coton sur ses épaules nues, le souffle léger de Shoayé sur sa nuque augmentèrent le trouble de la journaliste qui se sentit rougir.

« Allez, venez. Regardez-moi et laissez-vous faire. »

Le corps de la jeune femme prit vie au son de la musique. Les mains à la taille, le buste en avant…

« Maintenant, il va falloir bouger ses épaules. De gauche à droite, toujours. Et les mains sur les hanches. »

Bientôt, la musique prit totalement possession de l'Éthiopienne dont les épaules semblaient se disloquer.

De ses pieds nus, elle battait le rythme. À genoux, debout, chute de reins sensuelle, épaules endiablées, buste arrogant, Shoayé jouait maintenant avec sa chevelure dans des mouvements de tête de plus en plus rapides. Reine, quant à elle, était totalement subjuguée par ce corps presque en transe, superbe et habité. Elle se leva pour rejoindre son amie au centre du salon. Elle libéra ses cheveux et entra dans la danse, certes un peu maladroitement. Mais Shoayé, les mains sur les épaules de son amie, la guida dans le rythme. Elles dansèrent ainsi quelque temps, heureuses de savourer cette intimité naissante.

Ethiopia, thirteen months of sunshine

Elles atterrirent au petit matin. La Française ne s'attendait pas à découvrir une ville si vivante, si animée, nichée au cœur d'un écrin de collines verdoyantes. Un peu étourdie par toute cette activité, elle s'accrocha un instant au bras de son amie. Shoayé s'amusait de son air effaré.

« Les voitures bleues et blanches que tu vois partout sont nos taxis. »

Reine ouvrait maintenant des yeux démesurés. Les véhicules surgissaient de partout de manière apparemment totalement désorganisée.

« Certains sont un peu… rustiques, ajouta Shoayé en riant. Ne t'inquiète pas, nous sommes bientôt arrivées. Tu vas bientôt pouvoir respirer ! »

La jeune femme remarqua le tutoiement utilisé pour la première fois par son amie, et cela la toucha.

« Mais pourquoi et où tous ces gens courent-ils ? Il est encore tellement tôt. »

Shoayé sourit encore.

« Voyons, tu es en Éthiopie, le pays des champions. Ici, c'est Meskel square. Quand on a du temps, on vient courir dans les marches que tu vois. La course, c'est la fierté de notre pays. Et nous y excellons ! Alors, on s'entraîne dès que c'est possible. Nous laissons le football au Brésil et à la France, ajouta-t-elle dans un sourire. Tu sais, nous sommes ici à 2 500 mètres d'altitude, ce qui explique l'endurance de nos athlètes. L'Éthiopie est le pays des champions, ne l'oublie pas !

— Je ne te savais pas si sportive, s'amusa Reine.

— Pas spécialement sportive, mais terriblement éthiopienne ! Si tu savais comme mon pays me manque quand je suis en France ! Et j'ai à cœur de te montrer que c'est un beau pays. »

Elles furent accueillies chez l'oncle et la tante de Shoayé. Reine put visiter le lycée qui avait tant marqué son amie. Elle fut séduite par l'ambiance qui y régnait.

« Nous allons rentrer nous reposer un petit peu. Ce soir, c'est la fête ! »

Devant l'air étonné de son amie, Shoaye continua :

« Demain, nous fêtons la nouvelle année. Reine semblait de plus en plus perdue. C'est le *Meskerem 1*, notre jour de l'an. Eh oui, l'Éthiopie est à part, et elle en est fière. Nous fêtons notre Nouvel An le 11 septembre. Une fois tous les quatre ans, notre calendrier comporte treize mois, et pour couronner le tout, ici, tu es plus jeune… Devant l'air ahuri de son amie, l'Éthiopienne éclata de rire. Eh oui, selon notre calendrier, tu n'aurais pas 32 ans, mais 25. Ce n'est pas merveilleux ça ? Ce n'est pas magique ? »

Elle se moquait maintenant gentiment de son amie.

« Si tu veux découvrir notre pays, il faut que tu te laisses emporter et accepter de laisser de côté tes réflexes d'Occidentale. Allez, ce soir c'est *injera* et après, on ira danser. Il y a une fête organisée au lycée. Il va falloir nous faire belles. »

Se faire belle… Reine n'avait pas prévu ça et elle s'inquiéta. Elle avait apporté le strict nécessaire et n'avait jamais été une grande coquette. Mais Shoaye la rassura. Pas d'inquiétude, elle lui prêterait quelque chose.

Shoaye fut la vedette de la soirée. Elle n'était pas rentrée depuis longtemps et n'avait pas prévenu ses amis de son retour. Ce fut donc une fête dédiée aux retrouvailles. Alors que Reine se reposait quelques instants sur les gradins du lycée, Shoaye la rejoignit, accompagnée d'un beau jeune homme.

« Je te présente Alemayehu, mon petit frère.

— Tu ne m'as jamais dit que tu avais un frère, s'étonna Reine en tendant la main au jeune homme.

— Mais je ne te dis pas tout. En fait, j'ai deux frères, plus jeunes que moi. Alemayehu et Mesfin. Alemayehu vit ici à Addis. Il est instituteur ici. Mesfin, le petit dernier, travaille avec mon père. »

Reine Pardon regardait le jeune Alemayehu à la dérobée. Elle admirait ses traits fins, remarqua la petite fossette que dévoilait un sourire charmeur. Coiffé de dreadlocks, un bonnet aux couleurs de la Jamaïque, un tee-shirt à l'effigie de Bob Marley, le jeune homme s'efforçait de ressembler à celui que l'on avait surnommé « The King of reggae ». Nonchalant, un peu hautain même, il s'offrait aux regards de ses admiratrices, lesquelles semblaient nombreuses. Reine fut frappée par la ressemblance entre le frère et la sœur, et, sans qu'elle ne put se l'expliquer, elle en fut un peu troublée.

La soirée s'acheva le lendemain matin, vers trois heures. Reine sombra dans un sommeil profond, épuisée par le voyage et ce réveillon inattendu.

Le lendemain, Mebrat emmena son amie au *mercato*. Ce marché en plein air était considéré comme le plus grand d'Afrique et, comme tous les marchés africains, c'était un véritable enchantement de couleurs et de parfums. Reine était perdue devant cette profusion, étourdie par tant de vie. Bien sûr, Alemayehu les accompagnait.

Deux jours plus tard, elles refirent leurs bagages. Shoaye l'emmena d'abord visiter l'Awash, à quelque deux cents kilomètres d'Addis. La Française adora ces paysages de brousse, loin des hauts plateaux. Elle poussa des cris d'enfant devant les crocodiles qui se chauffaient au soleil, immobiles et aux aguets, s'amusa des hippopotames, s'émerveilla des zèbres et des antilopes. Il lui semblait pénétrer au cœur du monde. Jamais elle ne pourrait oublier cette émotion. Elle retrouvait les paysages qui l'avaient fait rêver enfant. Elle pensa à son livre de chevet quand elle était petite fille. Elle avait rêvé l'Afrique en lisant Joseph Kessel. Elle eut une pensée pour la petite Patricia et son ami King, le lion merveilleux, également pour sa mère qui lui avait offert ce roman pour son douzième anniversaire ; il n'avait jamais quitté sa bibliothèque. Aujourd'hui, elle était là, et elle avait l'impression de tout reconnaître.

« Allonge-toi dans l'herbe. »

Reine Pardon regarda son amie.

« Allonge-toi dans l'herbe, respire-la. Tu sens cette odeur, un peu âcre, un peu amère ? Laisse-la t'imprégner, ainsi, tu l'emporteras avec toi. Moi, je la reconnaîtrais n'importe où. C'est celle de la terre et du vent, de la gazelle et du lion, celle de l'eau et du feu, de la vie et de la mort. »

Elle s'assit à ses côtés, et fermant les yeux, murmura :

« Écoute plus souvent
Les choses que les êtres
La voix du feu s'entend
Entends la voix de l'eau
Écoute dans le vent
Le buisson en sanglots.
C'est le souffle des ancêtres »

« C'est beau n'est-ce pas ? C'est un poème de Bigaro Diop, un poète sénégalais. Je pense à ces vers quand je viens là. Tu es au cœur de la Rift Valley, au cœur de l'humanité, dans le berceau du monde. J'ai toujours pensé que cette région était "habitée". Tu ne sens pas cette présence ? Ils sont tous là, nos ancêtres. Nos ancêtres communs. »

Reine Pardon souriait, émue.

« Le pays de Lucy…

— Chez nous, on l'appelle *Dinqnesh*. En amharique, cela signifie "tu es merveilleuse". C'est plus joli, non ? Si tu veux, nous irons au musée à Addis. J'aime bien lui rendre visite. C'est un peu une aïeule. Tu sais, je suis heureuse que tu aimes ces paysages. Ce sont un peu les tiens aussi maintenant. Ne les oublie jamais. Demain, nous partirons pour le lac, nous sommes attendues. »

Au milieu de la nuit, Shoayé vint réveiller son amie.

« Lève-toi et suis-moi. Il faut que tu voies ça. »

Elles sortirent de la caravane qui leur servait de logement. La nuit était bleue, les étoiles lumineuses… Simple croissant, la lune s'était faite sourire et éclairait la savane. Une brise douce accompagnait les deux femmes. Les hautes herbes effleuraient leurs jambes nues. Elles frissonnaient de bonheur et de plaisir, d'inquiétude aussi. Les rires des hyènes, leurs cris étonnés, un rugissement lointain…

Reine s'imprégna pour toujours de la magie de cette nuit africaine et se promit de revenir un jour.

« Arrêtez-vous ici, nous finirons à pied. »

Le lac scintillant, les pirogues, les flamants roses, les pélicans, les enfants qui jouaient au bord de l'eau, les femmes qui la puisaient… rien n'avait changé depuis le départ de la petite Shoayé. Une fois encore, Reine dévorait des yeux le paysage qu'elle découvrait, si différent de celui qu'elle venait de quitter. Assurément, l'Éthiopie était plurielle. Shoayé lui saisit la main.

«Nous voilà chez moi. Regarde comme c'est beau!»

Des enfants les virent arriver et ils furent bientôt une dizaine à les suivre en riant. Reine fit sensation avec sa peau blanche et ses cheveux blonds. Soudain, Shoayé s'arrêta. À quelques mètres en contrebas se trouvait la maison de ses parents. Dans la cour, occupée à trier les grains de café, on apercevait Mebrat. Elle était assise sur le perron, dans cette position que Shoayé lui connaissait si bien. Elle voulut appeler sa mère, mais sa voix se brisa. Les retrouvailles furent simples, tout en émotion et en pudeur. Reine n'existait plus. Cette dernière attendait, un peu mal à l'aise. Mère et fille semblaient ne pouvoir se détacher l'une de l'autre.

«Tu me présentes ton amie?», demanda la maman dans une langue chantante, qui claquait comme autant de bulles. Shoayé se retourna en souriant et Reine remarqua ses yeux embués.

«Voici Reine Pardon dont je t'ai déjà parlé.»

Reine s'approcha dans une petite révérence. Elle avait tant entendu parler de Mebrat qu'il lui semblait la connaître, et pourtant, elle ne pouvait s'empêcher d'être intimidée. Shoayé rayonnait. Mebrat les invita à déposer leurs affaires dans la demeure fraîche, à l'abri de la poussière. Quasiment tout le village était maintenant réuni à l'entrée de leur cour. On venait voir Shoayé et la *farendje*, l'étrangère.

« Où est papa ? »

Mebrat montra le lac. Yared était en train de sortir sa pirogue de l'eau. Il était accompagné d'un jeune homme.

« C'est Mesfin ? Mon dieu, comme il a grandi !

— Cela fait longtemps que tu n'es pas revenue, sourit sa mère. »

Comme quand elle était petite, Shoayé s'élança.

« Je pars à leur rencontre ! »

Reine choisit de rester avec Mebrat. Elle prit quelques photos de la maison, le spectacle du lac, Mebrat et les enfants, sourires d'ivoire, yeux d'ébène, qui ne quittaient pas la petite porte, interpellant la photographe dans des rires ravis.

Le père et la fille revinrent bientôt, suivis de Mesfin, resté en arrière. Ils semblaient tellement heureux tous les deux que Reine choisit d'immortaliser cet instant. Yared parlait et sa fille l'écoutait, respectueusement. La chirurgienne avait laissé place à l'ancienne petite fille. Bien sûr, son père avait vieilli. La petite barbe qu'elle lui avait toujours connue avait blanchi tout comme ses cheveux, son visage s'était certes ridé, mais son sourire et son regard avaient conservé leur douceur éclairée. Yared était un homme de bien et cela se voyait. Son corps noueux lui aussi avait vieilli, et pourtant il restait fort et vigoureux. Reine voulut photographier le jeune garçon, mais ce dernier refusa. Mebrat, dans un sourire un peu gêné, expliqua à la jeune femme que son fils était un peu solitaire, un peu « sauvage », qu'il avait toujours été comme ça, qu'il ne fallait pas se formaliser ; puis Shoayé traduisit à Reine, qui, souriant elle aussi, répondit qu'elle comprenait. Puis elle regarda sa fille :

« Tu sais que ton père est le nouveau chef du village ? »

Quelques mois auparavant, le vieil Aklilou, alors très âgé, était tombé gravement malade. L'affection avait évolué très rapidement. Peu avant de mourir, il avait désigné Yared pour le remplacer. Ce dernier savait fédérer et guider ses semblables, il avait eu l'occasion de le prouver. Il avait la sagesse de ceux qui réfléchissent, n'hésitant pas à se remettre en question lorsque c'était nécessaire et surtout, surtout, il savait écouter : qualité essentielle pour être un bon chef, fort et respecté. La voix trahissait toute la fierté de Mebrat. Elle appuya son front contre l'épaule de son époux, instant fugitif empreint de tendresse. Shoayé se fit la remarque que sa mère aussi avait vieilli. Son beau visage s'était affiné, quelques rides illuminaient son regard. Son tatouage, petit soleil bleu rayonnant, ornait son front. Un turban noir recouvrait sa chevelure. Vêtue d'une robe traditionnelle, elle portait pour tout bijou une petite croix copte, la même que Reine avait déjà vue au cou de sa fille. Reine demanda l'autorisation de les photographier.

«Je suis fière de toi, papa, murmura Shoayé en lui caressant la main.

— Tu dois surtout être fière de ta mère. Chez nous, on dit que "la femme est comme une lampe dans la maison". Ta mère a illuminé la nôtre et sa lumière a éclairé tout le village.»

Il se tourna vers Reine Pardon et s'inclina. À la grande surprise de sa fille, il s'adressa à la journaliste en anglais.

«Depuis quand parles-tu anglais, Papa?

— J'ai appris quand Aklilou m'a fait savoir qu'il désirait que je lui succède. Un chef de village se doit d'être moderne, non? Et tu connais ta mère… Elle a voulu apprendre aussi. Soyez la bienvenue dans notre village, continua-t-il, vous allez assister à une grande cérémonie. Vous serez la seule *farendje*. Surtout, demandez toujours avant de prendre des clichés. Chez nous, certains pensent que l'âme réside dans le regard et qu'une photographie pourrait la leur voler.»

Reine se souvint d'une photo de prêtre qu'elle avait vue chez Mebrat. Effectivement, ce dernier détournait son regard, visiblement mal à l'aise. Elle promit.

«De quelle cérémonie parles-tu?

— Une grande cérémonie. La première du genre. Mais je ne t'en dis pas plus sauf que tu seras contente, et ton amie également. »

Le ton de Yared était solennel.

« Genet est au bord du lac. Va la rejoindre Shoayé. Je crois qu'elle t'attend. Restez avec nous Reine, je vais vous faire visiter le village… »

Les retrouvailles entre les deux sœurs prirent des allures de rencontre. Elles n'avaient que trois ans de différence et pourtant Genet semblait plus âgée, plus fatiguée. Ses six grossesses successives l'avaient éreintée. Genet élevait quatre filles et deux garçons. Entre le café qu'elle récoltait, les corvées de bois, l'eau qu'elle allait chercher au lac et les travaux ménagers, c'était une vie rude que la sienne. Les deux sœurs n'en finissaient pas de se parler. Genet raconta la cueillette du café, elle parla de son mari. Et elle, Shoayé ? Avait-elle quelqu'un dans sa vie, un homme pour l'accompagner et la chérir ? Shoayé, comme à chaque fois, éluda la question d'un geste de la main. Elle n'avait pas le temps. Plus tard peut-être.

Elles évoquèrent leur enfance, la jalousie de l'aînée, la solitude de la cadette, son départ et le manque. Puis leur discussion se fit plus intime. Genet avait besoin de conseils. Shoayé pouvait-elle l'aider à ne plus avoir d'enfant ? Elle avait tant souffert à la naissance de son dernier… Elle avait failli mourir. Une autre naissance la tuerait, elle en était persuadée. Shoayé proposa de l'ausculter, à Addis. Genet accepta.

La vérité et le matin deviennent lumière avec le temps
(Proverbe éthiopien)

Il était encore très tôt et pourtant il y avait déjà foule sur le chemin du lac. On venait de loin pour assister à l'évènement. Les femmes riaient fort, certaines chantaient, impatientes, curieuses aussi, d'autres bavardaient, tout à la joie de leurs retrouvailles. Sous le grand arbre se tenait Yared, bientôt rejoint par les hommes du village. Ils attendaient en fumant ou en mâchant du *khat*. Si tout le monde se réunissait en ce jour si particulier, c'est que Tsehaye avait décidé, certes symboliquement, elle qui n'excisait plus, de rendre sa lame de rasoir. Si Tsehaye n'exerçait plus depuis longtemps, elle restait tout de même la référence dans la région et on lui demandait encore de former d'autres jeunes femmes. Sa décision serait certainement commentée et peut-être un jour imitée. Et puis surtout, après cette cérémonie, Tsehaye ne serait plus celle qui excisait, mais celle qui avait eu la sagesse de rendre sa lame. La très vieille femme ne connaissait pas son âge, mais elle sentait que la vie la quittait, peu à peu. Bientôt, elle aurait à rendre des comptes… Elle craignait ce jour et aspirait plus que tout à partir en paix.

Quand tout le monde fut arrivé, Yared fit signe de s'asseoir et demanda à Mebrat, Shoayé, Reine et Genet de le rejoindre. Le silence se fit. La tension était perceptible. On attendait.

La vieille femme arriva enfin, à pas lents, consciente des regards qui l'accompagnaient. Elle salua respectueusement Yared et se dirigea vers Mebrat, Shoayé et Reine. Genet, quant à elle, avait préféré rester dans la foule. C'est à sa belle-fille que la vieille femme tendit, enveloppée dans un tissu, la vieille lame de rasoir. Ce geste toucha Mebrat qui s'en saisit délicatement avant de la tendre à Yared devant lequel Tsehaye s'inclina. Ce dernier se leva et se dirigea vers la désormais ancienne exciseuse, pour l'aider à se relever, l'assurant de son respect de chef, mais aussi de fils. Elle n'avait pas à s'incliner ainsi, lui murmura-t-il. Puis il l'enjoignit à mettre sa science des plantes au service de la communauté. Il fallait marcher longtemps avant d'arriver au dispensaire ; on avait donc besoin d'elle au village. Et qui sait, peut-être pourrait-elle former quelques jeunes. Oui, on avait besoin de son savoir.

La cérémonie s'acheva par des chants. On mangea les victuailles que les femmes avaient apportées, profitant du moment pour se retrouver, pour échanger. Reine Pardon prit des photos et put enfin rencontrer Tsehaye.

Son visage était ridé comme un vieux fruit. Les cheveux blanchis par les années, le sourire rare et édenté, il était difficile de lui donner un âge ; peut-être quatre-vingts ans… Un début de cataracte blanchissait son œil gauche et lui avait déjà volé le droit. Ses mains tremblaient en tenant le bâton sur lequel elle s'appuyait. Reine ne pouvait en détacher son regard. Il lui semblait entendre les cris de toutes les fillettes que ces mains avaient blessées. C'était un sentiment étrange, mélange de fascination, de curiosité, et, elle devait se l'avouer, de répugnance aussi. Tsehaye représentait la tradition. C'était une femme victime tout autant que bourreau, même si c'était « malgré elle ».

La journaliste tenait à rencontrer la vieille femme. C'était important pour elle d'avoir son témoignage. Elle avait besoin de la connaître pour enfin comprendre.

« Ne me jugez pas. »

La journaliste sursauta et regarda la vieille femme qui fixait sur elle son regard blanc.

« Je ne vous juge pas. »

Reine avait le sentiment que la vieille lisait en elle.

« Je suis…

— Je sais qui vous êtes. Ce que j'aimerais savoir, c'est pourquoi vous êtes venue ?

— Je suis venue parce que je vais écrire un livre sur Mebrat.

— C'est donc ça… Et vous allez parler de moi ? »

La journaliste admit que oui, elle parlerait de Tsehaye.

« Alors, dans ce cas, laissez-moi vous raconter. »

Cette dernière se confia, encouragée par la solennité de la cérémonie. Oui, bien sûr, d'autres femmes continueraient d'exciser, elle en avait conscience – on n'abandonne pas une tradition aussi aisément –, mais elle, Tsehaye, resterait celle qui aurait donné l'exemple. Après tout, elle aussi avait dû braver des siècles de croyance. Il ne fallait pas l'oublier. Enfin, on ne frissonnerait plus en la croisant, on n'éviterait plus sa maison.

Elle lui confia alors sa solitude, ses nuits hantées par les cris des enfants qu'elle avait mutilées. Elle raconta aussi le poids de l'inimitié qui crût au fil des temps, mélange de crainte et de respect pourtant, les regards lourds de reproches. Les surnoms aussi…

Mebrat les avait rejointes. Elle avait longtemps reporté sur Tsehaye son rejet du rituel mais elle ressentait, aujourd'hui, à quelle point sa belle-mère avait elle aussi été une victime de la tradition.

La vieille femme accepta d'être prise en photo aux côtés de sa bru. Bientôt, elles furent rejointes par Shoayé et Genet. Trois générations de femmes que la tradition avait séparées et qui se retrouvaient enfin. Cette photo était celle de la victoire. La vieille femme demanda également à parler à Sennait. Bien sûr, cela fut douloureux. Les deux femmes avaient toujours tout fait pour s'éviter depuis le drame. Mais tant d'années plus tard, l'heure était venue d'accepter les excuses de Tsehaye. Sennait avait compris, l'exciseuse n'était pas vraiment responsable. Bien sûr, c'était sa lame qui avait tué sa petite Moulou… Mais Tsehaye obéissait à une tradition plus forte qu'elle, tout comme l'avait fait Sennait en acceptant le rituel.

« Mebrat m'a libérée, ajouta la vieille femme. Oh bien sûr, je ne l'ai pas compris tout de suite. Je lui en ai voulu de tout bouleverser. J'avais peur de cette nouvelle société en train de naître, car je savais que Mebrat serait rejointe par d'autres mères. Et moi, qu'allais-je devenir? À quoi pourrais-je servir désormais? Mais maintenant, ce n'est plus la même chose, et j'ai fait la paix avec moi-même. Je suis prête l'heure venue à rejoindre la petite Moulou et les autres victimes. Oui, parce que j'ai enfin compris qu'elles n'étaient pas mes victimes, mais celles de la tradition. Oui, je vais pouvoir dormir, enfin. »

Contre toute attente, Tsehaye devint l'alliée de Mebrat. À deux, elles seraient plus fortes, l'ancienne exciseuse, la première «résistante», la belle-mère et la belle-fille enfin réunies. Le symbole était fort.

Les deux jeunes femmes quittèrent le village deux jours plus tard. Genet les accompagna jusqu'à Addis-Abeba. Comme convenu, Shoayé l'ausculta. Ce qu'elle vit la bouleversa. Pendant qu'elle l'examinait, elle lui parla des différents moyens de contraception qu'elle pouvait lui proposer, puis avec beaucoup de douceur et des mots simples, elle lui expliqua qu'elle pouvait l'aider. Oh bien sûr, elle ne pourrait pas tout reconstruire, mais au moins la soulager durablement. Elle lui expliqua le geste chirurgical, la douleur qui s'estomperait, les sensations à découvrir peut-être. Genet hésitait, très gênée, mais finit par accepter. Elles convinrent d'une date. L'intervention se ferait en France, et Genet demanderait à Mebrat de l'accompagner.

Les cérémonies publiques durant lesquelles des exciseuses remirent leur matériel au chef du village se multiplièrent. Bien sûr, on continuait d'exciser des petites filles, mais le nombre des interventions était en nette diminution et les enfants qui avaient échappé au rituel n'étaient plus stigmatisées. Leurs aînées trouvèrent des maris, cela finit de rassurer les mères qui hésitaient encore.

Comme prévu, Mebrat et Genet vinrent en France et Shoayé put opérer sa sœur. L'intervention, certes délicate, fut concluante. Au lendemain de l'opération, Reine Pardon était venue prendre en photo des deux sœurs, deux sœurs unies et souriantes. Quel chemin parcouru depuis leur enfance sur les rives du grand lac !

Quelques jours plus tard, ce fut au tour de Mebrat de se décider. Elle avait hésité, Shoayé était sa fille, la situation n'était pas simple. Elles en discutèrent longuement toutes deux. Shoayé sut trouver les mots. Mebrat l'avait épargnée, c'était à son tour de faire quelque chose pour elle. Mebrat avait choisi de ne rien dire à Yared. C'était sa décision, la conclusion de son engagement. Plus que jamais, elle se sentait vivante.

Ce fut pour Mebrat comme une libération. Elle était devenue la femme qu'elle avait toujours rêvée d'être. Elle avait le sentiment d'avoir remporté une victoire, et elle en était fière.

Mebrat et Genet restèrent quelques semaines chez Shoaye. Les trois femmes parlèrent, se confièrent, se racontèrent, se découvrirent. Il y avait tant de retard à rattraper. Genet demanda pardon à sa sœur pour ce qu'elle lui avait fait subir enfant. Mais tout cela était loin maintenant. Quand elles repartirent, elles étaient transformées, plus sereines, plus épanouies. L'une et l'autre étaient impatientes de retrouver les leurs. Mebrat surtout; que dirait Yared, son complice de toujours? Il avait toujours été là, à ses côtés, fort et fidèle. Elle avait hâte de le rejoindre, dans l'intimité de leur petite maison.

Un an plus tard, Reine Pardon et Shoayé retrouvaient les rives du lac. Une fête fut organisée en leur honneur, tout le village était là et Alemayehu était de la soirée. Reine avait apporté les photos prises un an plus tôt lors de la cérémonie. Ensemble, on les regarda et bien sûr, on les commenta. Le village, Mebrat triant le café, Yared sur sa pirogue, Genet et sa sœur… Une photo fit sensation : Tsehaye remettant sa lame à Mebrat. Tsehaye, désormais aveugle, était accompagnée d'une fillette, une petite orpheline qu'elle avait recueillie. La petite la guidait tandis que la vieille l'initiait au pouvoir des plantes. Elles s'entendaient bien et Tsehaye, enfin, pouvait profiter de sa vieillesse, libérée elle aussi du joug d'une coutume qui l'avait séparée des siens pendant tant d'années. Elle était désormais une grand-mère aimante et une femme respectée. À la vue de ce dernier cliché, le village applaudit. Shoayé et Genet aidèrent leur grand-mère à se relever, rejointes par Mebrat… Ces quatre femmes étaient devenues le symbole des femmes qui luttent et qui gagnent.

Enfin, la famille repartit pour Addis-Abeba. C'est à La Maison de Mebrat que Reine avait décidé de présenter son ouvrage. C'est Mebrat qui en avait choisi le titre… *Les fleurs du lac*. Avec l'accord de cette dernière, elle avait choisi de le dédier à Mebrat, à Shoayé, à Genet, mais aussi, à… Tsehaye. Elles avaient prévu d'immortaliser l'instant, dans le salon de La Maison de Mebrat, où l'on pouvait lire, en lettres peintes sur une large partie du mur : « Les fleurs ne sont pas faites pour être coupées. »

Je veux dire ma reconnaissance à Monsieur Asmamaw Kelemu, docteur en économie et politique, pour l'aide apportée. Ses renseignements m'ont été précieux.

Merci à sa nièce, mon amie Giulia Malgheri, pour sa disponibilité et sa patience, à Dalia Mesloub et Géraldine Dewez, pour leur soutien inconditionnel.

Tout ceci a été possible grâce à la Fédération Nationale GAMS (Groupe pour l'Abolition des Mutilations Sexuelles), leurs conseils m'ont aidée à me lancer dans cette nouvelle aventure.

Une pensée particulière pour le Docteur Denis Mukwege, chirurgien réparateur et prix Nobel de la paix, voué à la cause des femmes.

Enfin, j'embrasse chaleureusement Philippe Morel qui m'a fait l'amitié de me confier une de ses sculptures. Grâce à lui, mes héroïnes ont désormais un visage.

Table des matières

DÉPÔT LÉGAL : MARS 2019
IMPRESSION : BOOKS ON DEMAND GMBH
NORDERSTEDT, ALLEMAGNE